チェンジ!

柴田よしき

ハルキ文庫

JN225549

角川春樹事務所

目次

チェンジ！

コンバート

1

九回裏、最終打席、一死一・三塁。点差は一点。外野フライでも同点で、悪くても延長戦に持ち込める。いや、四球を選ぶだけでいい。一死満塁で次の打席は代打の加藤《かとう》さんが出る。代打成功率六割の、代打の神様だ。加藤さんならなんとかしてくれる。

心臓が騒いでいた。まるでルーキーの頃に戻ったように、異様な緊張が背中を強《こわ》ばらせる。

落ち着け、落ち着け。

なんでもない、ただの一打席だ。優勝がかかってるわけでもない、まだ六月に入ったばかりの、ただの一試合。1／143だ。

大丈夫、ゲッツーさえ喰《く》らわなければ、加藤さんが後ろにいるんだ。俺はとにかく加藤さんに打席をまわすことだけ考えればいい。

そうだ、最悪三振だって、試合は終わらないんだ。

御坂嘉晃《みさかよしあき》は、一度目を閉じて小さく深呼吸してから、バッターボックスに入った。

初球、低くはずれてボール。

相手投手は長打を警戒して低めを意識し過ぎている。外野フライなら低めをすくい上げてもなんとかなる。

二球目、やはり低いがぎりぎりストライクゾーン。思いきりすくい上げたが、バットの上っ面に当たって大きく弾《はじ》かれた。ファウル。これでワン・エンド・ワン。

三球目は外にはずれた。ちょっとすっぽ抜け？　相手投手もけっこう焦っている。いちおうクローザーだが、本来のクローザーがピッチャー返しを足に当てて登録抹消、急遽《きゅうきょ》セットアッパーからクローザーに昇格したばかりだから、試合の勝敗がかかった最終回の一点リードは、そりゃきついだろう。カウントはツー・ワン、こっちが有利になった。

四球目もはずれた！　思わず手が出そうになった高さだったが、なんとか踏ん張ってバットが返るのを止めた。一塁塁審の両手がセーフの形に横に開いて、ホッとする。さあスリー・ワンだ。あと一つボールを選べば、とにかく自分の役割は果たせる。

サインを見る。打ってもいい。スリー・ワンはバッティングカウントだ。相手はストライクを投げるしかない。バットを握る手に力が入る。

呼吸を止めて球を待つ。


来た！

肩口から入って来るスライダー、高い！　大好きな角度、球筋、球種！

これはもらった！

嘉晃は、思いきってバットを振った。

ガツッ

予想と少し違う音がして、あっ、と思った時はもう、相手のショートストップが横に動くのが視界に入った。

嘉晃は走った。

全力で、命がけで走った。

＊

「明日から埼玉《さいたま》だから」

マンションの玄関で出迎えてくれた仁美《ひとみ》にそう告げたが、仁美は返事もせず、小さくうなずいただけだった。予期していたことだったのだろう。

「ご飯食べる？」

「うん」

午前零時を少しまわったところ。ナイターが終わって帰宅すると、寄り道をしていなくてもこのくらいの時間になることが多い。クラブハウスでシャワーを浴び、軽くマッサージをして貰《もら》って車で球場を出るが、首都高速の渋滞にどこかしらで少しは捕まる。もう少し球場に近いところにマンションを買うべきだったが、仁美は実家に徒歩圏内という条件を譲らなかった。お嬢様育ちで両親に溺愛《できあい》されて育ったので、自分の親が夫よりも大切らしい。

仁美は嘉晃にとっては、高嶺《たかね》の花、だった。仁美が何度目かのプロポーズにやっとうなずいてくれた時は、自分は世界一の幸せ者だと舞い上がった。

あれから七年。たったの七年だ。人の気持ちは変わるものだ、と、つくづく思う。

ダイニングテーブルの上には何皿かの料理が並んでいた。どれもまずくはない。いや、たぶん旨《うま》い。だが嘉晃の舌には、どれもこれも何の感動ももたらしてくれない味である。

すべてデパートの地下食品売り場で買って来たもので、いつ食べても同じ味なのだ。

仁美が料理をしなくなったのはいつからだろう。おそらく二年前のあの日からだ。

あの日。

嘉晃の浮気が仁美にばれた日。

もちろん悪いのは俺だ、と嘉晃は思う。だが、一度の浮気ぐらいで丸二年も手料理を作らないなんて、仁美もずいぶんと執念深い、とも思う。浮気を正当化するつもりはないけれど、そういう世界の男と結婚するのだ、という覚悟はいくらお嬢様育ちでも、持っていたはずじゃなかったのか？

俺はプロ野球の選手なんだぞ。浮気の一つや二つ、したっていいじゃないか。

箸《はし》がすすまず、皿にラップをかけて料理を冷蔵庫に戻した。代わりにチーズとハムを適当に切って皿にのせ、ウイスキーの瓶と共にリビングのソファに運んだ。ＨＤＤに録りためてあるテレビドラマを流し、ウイスキーを飲んだ。

二十一打席ノーヒット。遂《つい》に自己ワースト記録を更新してしまった。どうしてここまで打撃が不調になってしまったのか、自分でもよくわからない。二カードまるまるヒットなし、全タコだなんて、自分でも信じられない。

それでも今日は、あの最終打席は打てた、と思ったのだ。読み通りの絶好球、仕留め損なうほうが難しい球だった。いいタイミングでスイングに入り、インパクトの瞬間までは、貰った、と思っていた。なのに打球は飛ばなかった。外野フライでも良かったのに……いや、ホームがアウトにさえならなければ、どこに転がったってよかったんだ。……あそこ以外なら、どこでも。

よりによって、ショート正面に飛んでしまうとは。

ものの見事に6－4－3のダブルプレーで試合終了。試合後、二軍落ちを言い渡された。

二軍行きそのものにはさほどショックはない。むしろ、今までよく一軍に残して貰えたな、と思うくらいだ。

今年は開幕から、いや、オープン戦の頃から調子が今ひとつで、二十一打席ノーヒットの前にも二、三試合ヒットが出ないことはあったし、打率も二割四分台というていたらくだ。本来ならとっくに二軍落ちしていたはずなのだが、嘉晃は、守備の名手、と呼ばれる選手だった。

大学野球の頃からその守備力が注目されていた嘉晃は、ドラフト三位という高評価でプロ入りし、三年目にレギュラーの座を摑《つか》み取った。以来五年、チームの看板選手の一人として不動のレギュラーを守って来た。野球選手がもっとも心技体充実してピークを迎えるのは、三十一、二歳頃と言われている。嘉晃は今年三十歳、本来ならばキャリアハイを目指せるはずだったのだ。

何が悪いのか、自分なりに考えてはいる。自分の打席を録画で観《み》て、スローで何度も再生した。昨年の良かった時期と画像の比較もした。いくつか気づいた点はあったので、コーチとも相談して修正しようと努力もした。けれど、結果に結びついていない。

テレビ画面を流れているドラマの筋が、まったく頭に入らない。

覚悟していた二軍落ちとはいえ、こうして時間が経《た》てば悔しさが腹の底から湧《わ》き起こって来る。成績不振での二軍落ちは、レギュラーになってから初めてのことだ。

俺の代わりにセカンドを守るのは誰になるんだろう。

まあ順当に考えれば、モリかマコトだろう。森田《もりた》洋一《よういち》は本職はショートだが、現在のショートは球界の宝とまで言われている名ショート・宮田《みやた》健史《たけし》さんで、すでに昨年二千本安打を達成してなおかつ、今年はこれまで三割を打って打撃十傑に入っている。人気、実力共にチームナンバーワン、モリがどんなに頑張っても、宮田さんが怪我して休みでもしない限りは一軍の試合でショートを守らせて貰えない。だがモリは器用な男で、内野は投手以外どこでも守れる。二軍の試合ではキャッチャーマスクまでかぶるらしい。チームにとっては便利なユーティリティ・プレイヤーで、足もそこそこ速いしバントも上手なので、代走や守備固め、バント代打など試合の随所にちょこちょこと出番がやって来る。なのでスタメンで出ることはないが、常に一軍のベンチ入りしている。

川北誠《かわきたまこと》は打力がある。一軍と二軍を行ったり来たりの状態ではあるが、セカンドのほかにサードもやれるので、試合終盤から守備固めに入ることが多い。現在のサードは外国人のスティーヴ・グリーンヒル、パワーヒッターでホームランタイトル争いをしている強打者だが、守備は上手《うま》いとは言えないので、四打席打ち終えると交代することが多い。モリにしてもマコトにしても、千載一遇のチャンスというわけだ。ここでアピールすれば、レギュラー争いに……

いや。

嘉晃はグラスの酒を飲み干した。

冗談じゃない。モリだのマコトだのに負ける俺じゃない。俺は昨シーズンも打率二割九分台、三割には届かなかったがレギュラーとしては充分な成績を残した。二年連続のゴールデングラブ賞もとった。年俸もやっと一億にのっかった。

何より守備力が違う。宮田さんも俺を信用してくれている。宮田さんと俺だからとれるゲッツーがどれだけあると思ってるんだ。

そうだ、このまま終わってたまるもんか。

マコトやモリなんかに、レギュラーの座を譲ってたまるもんか。

2

嘉晃の予想に反して、セカンドを守ることになったのは上杉高也《うえすぎたかや》だった。昨年のルーキー、高卒二年目。ようやく今年二十歳になる、ニキビ顔の若者だ。ドラフト一位入団だから球団が期待をかけている選手なのは間違いないが、嘉晃の目から見れば驚くほどに子供っぽい。体型も細くて野球選手のからだつきではないし、あどけない目とかたえくぼの出る童顔は、そもそもアスリートの顔ではなかった。昨年二軍で首位打者をとったことは知っていたが、春のキャンプも一軍ではなく二軍だったし、開幕時点でも一軍入りしていない。打撃はいいが守備が下手だ、という噂《うわさ》を聞いている。

なんであんなガキを俺の代わりにしたんだ。嘉晃は釈然としない思いでいた。

だが、他人のことをあれこれ考えている場合ではなかった。とにかく早く調子を取り戻して一軍に戻らなければ。戻ることさえできたら、上杉高也などはすぐに蹴落《けお》とせる。いや、それより前に、上杉が一軍の壁にぶち当たって自滅するかもしれないが。

ナイター中心の一軍生活が長かったので、デイゲームばかりの二軍暮しはなかなかリズムが摑めなかった。夜中の一時、二時に寝て十時頃に起きる生活が、いきなり、朝は七時に家を出る生活に変わったのだ。二軍の練習場兼球場は埼玉にあり、嘉晃の家からは車で一時間半かかる。平日の朝七時台は首都高も環状道路も大渋滞なのだ。

集合は九時、練習開始は十時だが、八時を過ぎると選手たちが姿を見せ、自主的にからだを動かしている。バッティング練習を始める者もいる。午前中の練習は十一時半まで、ビジターチームがそのあと練習し、試合開始は午後一時。一軍の試合に比べると試合時間は短めだが、三時半から四時に試合が終わったあと、さらに練習があり、後片づけもしなくてはならない。コーチに指名されれば居残り練習もある。

もちろん嘉晃のような中堅の一軍選手は、いくらか特別扱いを受けることもある。ボール拾いなどは、やろうとすると若い選手が全部拾ってしまい、やらせて貰えないし、後片づけもウロウロしている間に若手がやってくれる。御坂さんはいいです、俺らでやります。御坂さんは休んでてください。御坂さんは……

三十になったばかりで年寄り扱いかよ、と、嘉晃は苦笑いしつつも内心ではホッとしていた。二軍試合とはいえ、熱心なファンはけっこう観に来てくれている。成績不振で二軍落ちした御坂嘉晃が、球拾いしてた、なんてTwitterか何かで広められるのは御免だ。自分にも一億円プレイヤーのプライドがある。

二軍の試合ではそこそこヒットも打てた。まだ本調子という手応《てごた》えはないが、二軍戦に出て来る投手はやはりレベルが低い。ストレートで150㎞／hを超える球は滅多に来ないし、変化球も甘い。キャッチャーも二軍レベルだから攻めも単調で、配球も読みやすい。それでもマルチヒットはなかなか出ず、一試合に一本程度がやっとだった。最短十日で一軍に戻ってやる、と勢い込んでいたのに、一週間が過ぎても昇格が待ち遠しい、という感じにはならなかった。

その間に、嘉晃の代わりにセカンドのポジションを得た上杉は、マルチ安打二回、猛打賞一回、サヨナラヒットも放って「お立ち台」にまで上がっていた。しかしエラーも四、五回あったようで、噂通り守備には難があるようだった。


「あれ、御坂くん」

練習場のすぐ近くにある選手寮で筋トレを少しとマッサージを受け、シャワーを浴びて帰りかけた時、ロビーにいた男が片手をあげて挨拶《あいさつ》して来た。顔見知りのスポーツライター、久留米《くるめ》秀次《ひでじ》だった。

「今、帰り?」

「ええ、久留米さんは取材ですか」

「ああ、うん。ちょっと田宮《たみや》監督にお話を伺ってたんだよ。今年のルーキーたちの特集を月刊ボールゲームが組むんで。帰りだったらおくろうか。御坂くん横浜のほうだよね」

「車で来てますからいいですよ」

「車じゃこれ、やれないだろう」

久留米はコップ酒をひっかけるしぐさをした。

「ちょっと行こうよ。タクシーチケットあるから。車はここに置いといたらいいじゃないか」

嘉晃は迷った。明日、電車で練習場まで来るのはとても面倒だ。かと言って仁美に車でおくってと頼むのはもっと面倒だ。

だが久留米と飲みたい、という気持ちが、面倒だと思う気持ちを上回って、嘉晃はうなずいていた。

＊

「そんなに凄《すご》いんですか」

嘉晃は思わず聞き返した。

「昨年のルーキーイヤーに二軍試合に出てるの見たけど、そこまでの印象はなかったけどなあ。まあドラ一だから、素質はあるんだろうと思ってたけど」

「確かに昨年は俺も、ノーマークだった。フレッシュオールスターに出たのを取材で見たんだけど、その時は一つ前のルーキーの、川村《かわむら》くん？　彼のほうが上だと思ったんだけどな」

「川村勝男《かつお》ですか。あいつMVPとりましたね。俺も勝男のほうが上だと思ってた」

「とにかく進歩の速度が凄いよ。乾いたスポンジが水を吸収するみたいに、一打席ごとに良くなる感じなんだ。上杉高也、あれは大化けするかもしれない」

そう言ってから、久留米はちょっと苦笑いして言った。

「いやでも、打つほうだけだよ。守りはまだまだ、御坂くんには遠く及ばないよ」

当たり前だ、と嘉晃は思った。俺はゴールデングラブもとった守備の名手なんだ、去年のルーキーなんかと比較されるだけでも腹が立つ。だが、そんなふうに気をつかって喋《しゃべ》る久留米が、らしくない、と思った。久留米はもっと率直な男のはず。だから久留米の情報は信用できる。それが、俺のご機嫌でもとるみたいな話し方をする。

つまり……それほど上杉は凄い、ということか？

俺のレギュラーの地位があやういと、久留米は考えているのか……？

「……足は速いですね。上杉は」

「うん、速いな。ただ、まだ走塁の基本が出来てないところはある。あれをキャンプで集中して直したら、盗塁ももっと増える。パワーヒッター並の長打力と、盗塁王が狙《ねら》える機動力、その両方を兼ね備えている選手は滅多にいない」

「まさか……トリプルスリー、とか？」

久留米は笑ったが、笑いが出て来るまでに一瞬の間があった。

「はは、そこまではまだだろう」

そこまでは、まだ。

まだ。

つまり、いずれトリプルスリーが狙えるくらいの、いや来年にもそれが実現しそうなくらいの選手だ、ということか。

信じられない。

嘉晃は昨年、デッドボールで上腕を強く打撲し、一時的に腕が上がらなくなったことがあった。幸い二週間ほどの離脱で済んだので規定打席は確保できたが、その二週間はずっと二軍でリハビリ生活だった。その間に上杉が試合に出ているのを何度か見ていたが、飛び抜けた逸材、という印象はまったくなかった。からだも細く、パワーがあるとは思えない。俊足だというのは聞いていたが、走塁は下手で盗塁死ばかりしていた。

ただ。

確かに、体幹の強さは尋常ではなさそうだ、と思った。スイングした時に上体がまったくぶれない。選球眼がもうひとつなのかボール球に手を出してよく三振していたが、三振してもフォームが綺麗《きれい》なのだ。泳がされる、ということがない。どんなクソボールにでも、からだがちゃんとついて行き、それなりのフォームにまとまってしまう。インナーマッスルがものすごく強いのだ。

将来はそこそこ打てる選手になりそうだな、とは思った。

だが守備はまったくお話にならなかった。ポジションはショートだったが、あまりセンスは感じられない。一軍のショートは鉄壁のレギュラー宮田さんがいるので、ショートでレギュラーを狙うなら相当な技術を持たないとならない。もちろん宮田さんはもう来年四十歳、二千本安打も達成して、そろそろ引退の時期が取り沙汰《ざた》される頃なので、球団としてはポスト宮田として上杉を育てるつもりなのだろうが、この感じだとあと三年はかかりそうだな、と思ったのだ。

それが、いつの間にかセカンドを守っていたとは。

ショートができる選手は内野ならどこでもやれる、とはよく言われることだが、実際には内野のポジションはそれぞれにものすごく違いがあって、得手不得手ははっきりと出る。サードはホットコーナー、飛んで来る球が速いので球際の強さが必要で、その上一塁までが遠いので、球を捕ったら間髪入れずに強く投げる必要があり、肩の強さも求められる。セカンドはファースト、ショートと常に連携することから、機敏な動きと的確な判断が必要。ファーストは簡単そうに見えるが、他の内野とは動きが逆になる為、馴《な》れないとかなり難しい。しかも塁から離れてしまうと投手がベースカバーに入る必要が出て来るので、足を塁に残したままでの動作が多く、不自由な姿勢で球をすくい上げる技術には差が出る。確かにショートは内野の要《かなめ》、球に触れる回数も多く、常に緊張が強いられる特別なポジションだが、あの宮田さんにしたってセカンドを守らせると、下手ではないがごく普通、のレベルなのだ。

嘉晃には自負があった。自分は、ショートでレギュラーがとれないから仕方なくセカンドをやっているわけではない。学生の頃からセカンド一筋、職人のようなものだ。特に内野手は打つだけではレギュラーにはなれない。下手だと勝敗に直結する。守れない内野手を使えば、チームは負ける。

それに、と、嘉晃はコップの日本酒をぐっと呑《の》み干《ほ》した。

俺だって、打てないわけじゃないんだ。過去に規定打席到達して三割超えでシーズンを終えたことが四回もある。昨年は二割九分台で終わったが、プロ入りして八年で平均打率は二割八分に近い。

「ま、いずれにしても、御坂くんが戻って来るまでの間だろうから、上杉も。今の感じでアピールし続ければ、一軍定着はできるだろうな。宮田さんのサブとして使うつもりだろう、上も」

久留米の声には、どことなく力がなかった。久留米自身が本当にそうだとは確信していないのだ、と嘉晃は思った。

つまり、上杉が俺のポジションを奪い取る可能性がある、と、久留米は思っている。

3

上杉のことについて久留米から聞いた夜以来、嘉晃の心は乱れていた。

二軍の試合でも遠征はある。イースタンリーグに東北のチームが所属していることから定期的に宮城《みやぎ》県での試合が入っている他にも、関東各地や北海道などで年数回、地方試合が組まれている。

一軍と二軍の格差は様々なところで感じ取れるものだが、特に地方遠征に行くとその「扱われ方の差」を痛感する。一軍選手は新幹線のグリーン車使用が認められているが、二軍は普通車しか認めて貰えない。宿泊するホテルも、一軍が泊まるのは一流と呼ばれるシティホテルだが、二軍は観光ホテルか大きめのビジネスホテル、場合によっては民宿に毛の生えたような温泉旅館のことすらある。さすがに嘉晃クラスの選手はシングルに一人で泊まらせて貰えるが、若手はツインか時にはトリプルに詰め込まれる。

一軍の試合の前には、各球場ごとに用意された軽食や果物などが食べ放題で並ぶが、二軍の試合の前に配られるのは弁当である。もっとも練習や試合の前に食べ過ぎると吐いたり腹痛を起こしたりする危険があるので、弁当でも残すことのほうが多いのだが。

それでも嘉晃は、待遇に不満は一切感じなかった。球団にしたところで、二軍の経費をケチって差をつけているばかりではない。わざと格差を際立たせることで、何がなんでも一軍に上がってやる、と思わせるという狙いもあるのだ、ということは理解している。以前は二軍のチームが一軍とは独立した採算方式をとっている球団もあったが、基本的には二軍は「金を生まない」、会社で言えば非生産部門である。金を稼いでくれるのは一軍であり、一軍登録されている選手なのだ。NPB所属のプロ野球選手の「生涯成績」は一軍での数字であって、二軍でどれだけ打とうが抑えようが勝とうが、一軍に登録されなければ「いなかったのと同じ」である。

非情なことに、せっかくプロ野球選手として入団しても、結局ただの一度も一軍の試合に出ることがないまま戦力外になってしまう選手は、掃いて捨てるほどいる。各球団の支配下登録選手は七十人以内、一軍に登録できる選手数はたったの二十八。残り四十数名は、上の席に空きができるまで、ひたすら格差に耐えて練習し、コーチや監督にアピールしようと必死になる毎日なのだ。そして当然ながら、落ちこぼれてしまう者も多い。素質が足りない、努力が足りない、様々な要因はあるにしても、もう俺は駄目だろう、どうせ一軍には上がれないだろう、と一度諦《あきら》めてしまえば、あとはクビを言い渡されるまでせいぜいプロ野球生活を楽しんでやれ、と、半ば投げやりな時間が待っているだけだ。そうした状態、やる気はないけれどクビにもなりたくないので、まあそこそこ頑張ったふりをしていますか、という連中は「二軍馴れ」とか「二軍ずれ」などと呼ばれている。

嘉晃は警戒した。二軍馴れしている選手に染まると、二度と這《は》い上がれなくなる。できるだけ若手でまだ将来に夢がある連中と行動を共にし、球拾いでも荷物持ちでも、プライドをかなぐり捨てて率先してやった。

とにかく二軍になんかいたくない。一日も早く一軍登録されたい。

だが、焦れば焦るほど、バッティングの調子は下がっていった。どこに問題があるのか、なぜ調子が上がらないのか、嘉晃は苦悶《くもん》していた。

地方の駅前にあるビジネスホテル。新しいホテルなので部屋は綺麗だしベッドはなんとシモンズ製である。部屋は狭いが、セミダブルのベッドなので窮屈さは感じない。

その日の試合も、四打席で一安打のみ。最初の五回まで投げたピッチャーからは一本もヒットが打てなかった。二軍とはいえ先発して来る投手は、そのチームとしてある程度期待している選手なので、鋭い変化球を投げたり、150㎞/h近いストレートを投げ込んで来たりする。そう簡単には打てない。だがそういう投手を打たないと評価の対象にはならないのだ。嘉晃がヒットを打てたのは、リリーフで登場した、元は一軍で活躍していた中継ぎ投手だった。何度か対戦していたので相手の癖がわかっていたし、一軍にいた頃と比べたら球威も球速も格段に衰えていた。なので打つことができた。だが、コーチも監督もそれはわかっている。一本ヒットを打ったくらいで評価してくれたりはしない。

嘉晃は天井を見ながら溜《た》め息《いき》をついた。自分で自分が情けない。

ベッドサイドで充電中のスマートフォンが振動した。

「もしもし?」

発信者の情報を見ずに電話に出てしまった。嘉晃は、相手の第一声を聞いて後悔した。

「もしもし、嘉晃?」

「……ああ。翠《みどり》か」

「今、どこ?」

「どこって、地方遠征中だよ」

「地方の、どこ?」

「日程表、ネットで見れば」

「冷たい言い方」

「あのさ、翠。俺たち、ちゃんと別れたよな、もうひと月も前に」

「そうだっけ」

「そうだっけ、って……翠、いい加減にしてくれないか。最初から俺は君に言っただろう、俺には妻がいるし、離婚はぜったい有り得ない、だから君とは深いつきあいはできない、って」

「深いつきあい、したじゃん」

「……卑怯者《ひきょうもの》と言われても仕方ないけど、男にとってはセックスしただけの関係を深いとは言わないんだよ」

「卑怯っていうより、ずるいね」

「ああ、ずるいよ。最初からずるい男だってわかってたはずだろう」

「翠のこと嫌いなんだ」

「……最初は好きだった。可愛《かわい》いと思ったよ。でも君が悪いんだ。君は俺にいろんなことを求め過ぎた」

「だって翠、嘉晃が好きなんだもの。ほんとにほんとに好きなんだもの！　別れるなんてできない。別れたくない」

「無理だよ」

嘉晃はうんざりして言った。

「もう俺たちは無理だ。いや、俺は無理だ、君とはもう会いたくない。こうやって電話されるのも困る。二度とかけて来ないでくれ。もしまたかけて来たら、番号を変える」

着信拒否していたはずなのに、翠は別の携帯電話を購入したのだろう。

「……後悔するよ」

「え？」

「嘉晃、後悔する。翠にそんなひどいこと言って、きっと後悔する」

「……おまえ、俺を脅してるのか？」

「さあね」

翠は笑った。異様なトーンの笑い方だった。

「あたし諦めない。あなたを取り戻すわ。でもどうしても戻って来てくれないなら……あなたなんか、この世から消してやる」

電話が切れた。

嘉晃の背筋に、虫でも這っているかのような不快感が走った。

4

結局、遠征中の成績はさんざんだった。

翠の捨てゼリフが嘉晃の脳内をずっとぐるぐるまわっていて、打席に入っても球に集中することができなかった。二軍コーチの西内《にしうち》からは、どこか痛みでもあるのか、と心配されたほどだ。嘉晃は意気消沈して自宅に戻った。

だが仁美は相変わらず機嫌が良くない。嘉晃が二軍に落ちてからずっと、仁美は半ば膨《ふく》れ面《つら》のような顔で過ごしている。妻だったら夫が弱っている時くらい優しい言葉をかけられないのか、とむかっ腹が立ったが、もとはといえば自分が女遊びをしたからなんだ、と思えば立った腹を無理にでも寝かせるしかなかった。

仁美を裏切って浮気をしたことには、反省の気持ちはあった。だが結婚する前からある程度はわかっていたことだろう、という開き直った思いも、本心としてはあった。冷静に考えてみても、プロ野球選手というのは女にモテ過ぎる。嘉晃はたまに、鏡で自分の顔をじっくり見てみることがある。醜男《ぶおとこ》だとまでは思わないが、プロ野球選手でなければ女に追いかけられる顔じゃない。

そう、これは魔法なんだ。俺は魔法にかかっている。引退してしまえば、魔法はとける。そのことは、引退して「普通の人」になった先輩たちを見ていると痛感する。

三十を越えるまでは、引退、の二文字は意識的に頭から追い出して生活して来た。いずれ必ず訪れるその日のことは、近づいて来たら考えればいい、と思っていた。そして昨年までは、それは遠い未来のこと、少なくとも今は考える必要のない問題だった。

いつもと同じようにオフを過ごし、いつもと同じようにキャンプインして、いつもと同じようにオープン戦を迎え、いつもと同じように開幕した。そのはずだった。

全身の精密検査でも受けたほうがいいのかな。嘉晃は、風呂《ふろ》で自分のからだを見ながら不安になった。自覚症状はこれといってないけれど、打撃不調の原因がわからない以上、肉体的に何か問題が起こっている可能性は捨てきれない。

もちろん、からだのあちらこちらに痛みはある。プロ野球の選手でまったくどこも痛くない、という者はほとんどいないはずだ。毎日の練習だけでも筋肉痛は常にあるし、試合に出れば打撲や打ち身は当たり前。裸になれば誰でも青あざの一つや二つは見つけられるし、あちこちの関節はいつもギシギシと痛みを訴えている。だがそういう日常的な痛みに対しては、子供の頃から耐性ができている。マッサージを丁寧に行い、風呂でゆっくりと筋肉をほぐし、睡眠をたっぷりとれば、プレーに影響が出ることはほとんどない。

やっぱりメンタルなものなんだろうか。

そう考えると、どうしても翠のあの、脅迫的な言葉が脳裏に甦《よみがえ》る。

そう言えば、打撃が不調に陥ったのは五月の大型連休の少し前、翠との別れを決意した頃だった。

沢崎《さわざき》翠と出会ったのは、知人の結婚披露宴の二次会だった。

独身の頃は先輩がセッティングしてくれたモデルや若手タレントとの合コンに何度か出たが、仁美と結婚してからはそうした場からはさすがに遠ざかり、浮気を楽しむ相手はもっぱら、行きつけのキャバクラやクラブの女性だった。だがそんな浮気の一つが仁美にバレてしまい、今のような冷たい夫婦関係になってしまった。その反省は嘉晃にもあった。

二度と浮気はすまい、と、一度は決心した。

が、知人が翠を紹介してくれた時、嘉晃は全身に何か熱いものがさっと流れた気がしたのだ。

翠の容姿は、嘉晃の好みそのものだった。

美人だけれど少し近寄りがたい雰囲気がある仁美とは違って、どちらかと言えば狸顔《たぬきがお》の翠は、愛くるしい丸顔にびっくりしたような大きな目、小さな鼻、ぽってりとした唇のいずれのパーツも「かわいい」という言葉がぴったりで、眺めているだけでもにやけてしまいそうだった。

翠は駆け出しの声優で、ようやく深夜枠の連続アニメで準レギュラー役のオーディションに受かり、来月から録音が始まるのだと嬉《うれ》しそうに話した。

そして、携帯アドレスを交換した。


楽しかったな。

今となっては苦々しい想《おも》い出《で》だが、それでも嘉晃は、そう思った。翠と交際していた数ヶ月は、確かに楽しかったのだ。だが、翠は、浮気相手にしてはいけないタイプの女性だった。

独占欲が強く、おそろしいほど嫉妬《しっと》深い。妻がいる、ということは最初にメアドを交換した時に言ってあったはずなのに、オフの日に妻と映画を観た、と言っただけで、腕に嚙《か》みつかれたのには驚いた。どうしてもＬＩＮＥで繋《つな》がってと頼まれたので登録すれば、矢継ぎ早にメッセージが届く。ＬＩＮＥは既読かどうか相手にわかってしまうのでしばらく返事をしないでいると怒りの電話がかかって来た。それなら、と、ＬＩＮＥ自体を見ないようにしていたら、なぜ見ないのか、具合でも悪いのか、と、五分おきにメールが届く。

息が詰まり、翠の顔を思い出しただけで気が重くなった。

打撃の不調はあの頃から始まっていた。開幕して一ヶ月近くは絶好調だったのに、四月の終わり頃からまったく打てなくなった。その頃、嘉晃の心の変化に気づいた翠は、ヒステリックになって嘉晃を責めたてていた。罵倒《ばとう》の言葉が並ぶメールは嘉晃の心を確実に弱らせた。

嘉晃は自分から女性に別れを切り出した経験がない。高校生の頃から甲子園に出場した選手として女の子にはモテまくっていたが、本来は奥手な性格だったので、真剣につきあった女の子は一人だけ。その子とはずっとつきあっていくつもりだったのに、アメリカの大学に進学するから、と、向こうから別れを告げられた。大学時代も生活はほぼ野球一色、しかも高校の頃と違ってプロ入りを意識していたので、野球以外のことは考えたくなかった。関係を持った女の子は数人いたが、嘉晃の態度に熱がないとみるや、その子たちも勝手に離れていった。プロ入りして仁美と出逢《であ》い、夢中になり、何度断られてもプロポーズしてようやく結婚したのだ。そして、今は冷たく冷えてしまった結婚生活ではあっても、仁美と別れたいとは思っていない。

そんな嘉晃だったから、翠に別れを告げた時はとてつもなく緊張したし、翠に対して申しわけないという思いで胃がきりきりと痛かった。

が、翠は、あっけらかんと言ったのだ。

「いいよ。別れてあげる」

その言葉を素直に信じた結果が、あの不気味な捨てゼリフである。

もしかしてあいつ、俺に呪《のろ》いでもかけたんじゃないのか。

笑えない冗談だ、と嘉晃は嘆息した。翠との関係がこじれてから打撃成績が落ち、翠と別れてからはまったく打てなくなってしまっている。

いやいや、と、嘉晃は天井を見つめながら思った。

こんなふうに考えること自体、間違いだ。打撃の不振には必ず、もっと科学的な、あるいは医学的な理由がある。

何がなんでもそれをつき止めて、一日も早く一軍復帰しないと、俺のプロ野球人生はお先真っ暗だ。

畜生！

だが、遠征から戻って休日を挟んだ最初の練習日に、嘉晃にとって最大級の衝撃が待っていた。

フリーバッティングを終えてランニングを開始しようとしていた嘉晃を、コーチの西内が呼んだのだ。西内は二軍コーチ歴十二年、若手を開花させる名コーチとして、二軍ながら一軍コーチ並の高給をとっている男である。あの上杉も、昨年は西内がつきっきりで指導したらしい。嘉晃自身も入団した一年目に西内から指導を受けている。

「調子、どうだ」

他の選手が周囲にいないのを確かめるようにぐるっとあたりを見回してから、西内がおもむろに言った。

「ちょっとは上向いて来たか？」

「いや……まだ納得できてないです」

「そうか。仙台《せんだい》ではどうだった」

「初日は四の二、二日目は四タコで途中交代、三日目は代打で一回出て四球で歩きました」

「あまり良くないな」

「……はい。やっぱりフォームなんでしょうか」

「何か気になるとこがあるのか」

「……正直、わからないんですよ。打ててた時の録画と今を比べても、明らかに違ってるって部分はないと思うんですが」

「だったらフォームをいじるのは慎重にしたほうがいいな。若い奴と違って、三十越えるとからだも頭も頑固になる」

「はい」

「守るほうはどうだ」

「守備は問題ないと思います。足も動いてます」

「ところでさっき、キャッチボールで遠投してたな」

「あ、はい」

「おまえ、ずっと内野か？」

「……高校の頃は外野も、それとキャッチャーもやったことあります。強豪校にいたんでいろいろできないとレギュラーはとれなかったんで」

「いい肩してるな。そう言われたことないか」

「あ、はい……肩は強いほうだと思います。今のポジはセカンドなんで、そんなに肩の強さが目立つプレイはないですが」

「おまえが入団した時のスカウトの小松《こまつ》さんは、俺と同期でな」

「あ、そうだったんですか。小松さんにはお世話になりました」

「昨日久しぶりに小松さんと飲んで、おまえの話になったんだ。小松さんはおまえを編成会議で指名することにした時のこと、よく憶《おぼ》えてたよ。当時からセカンド守備の巧《うま》さは大学ナンバーワンと言われてたが、小松さんはむしろ、おまえの足と肩に惚《ほ》れたんだとさ」

「……足と肩ですか」

「今でもおまえ、盗塁王くらい狙ってもいけるだろう」

「いやまあ、それは……」

「それに、あの肩はもったいない」

嘉晃は西内の顔を見た。何が言いたいんだろう？

「なあ御坂」

西内は、嘉晃の目を覗《のぞ》き込むようにして言った。

「おまえ、外野やってみないか？」

＊

青天の霹靂《へきれき》、とはこういう時に使う言葉だろうか。

嘉晃は、その日それからのことをあまりよく憶えていない。西内がそのあと何と続けたのかも、記憶が曖昧《あいまい》だ。何か言い返そうとした気もするが、結局何も言えないまま、時間はやるから真剣に考えてみてくれ、と西内が立ち去るのを見送っていた。

問題なのは打力のはずだ。守備では上杉なんかに負けやしない。一軍に戻るとしたらセカンドしか有り得ない。

外野へコンバート？

冗談は休み休み言え。いや、言わずに休んでろ、へっぽこコーチ！

最初の衝撃から立ち直ると、やたらと腹が立った。打撃の調子が落ちたのは自分の責任だ。だからそれについて何を言われても、どんな扱いを受けても仕方ない。甘んじて受けるしかない。だが守備に関しては、打撃が不調の間もエラーひとつしていない。今年も規定打席がクリアできれば、ゴールデングラブ賞の候補にだってなれるはずだ。

クソっ！

打ってやる。何がなんでも明日から打ちまくってやる。要は上杉より打てれば問題解決、俺がセカンドを守るだけのことだ。

家に帰ってからも怒りは収まらず、晩飯もそこそこにウイスキーをグラスに満たした。珍しく仁美もワインのボトルを手に、ソファに座る。

「映画でも観る？」

仁美が訊《き》いた。

「いや、別に観たくない。でも君が観たいならいいよ、つきあう」

「そう。じゃあ観るね」

仁美はＤＶＤが並んだ棚から一枚取り出した。

オープニングが流れただけで何の映画かわかる。仁美が大好きな、『フォロー・ミー』。ミア・ファローが主演した古い映画だ。嘉晃にはどこが面白いのかよくわからない。というか、真剣に観たことがない。ミア・ファローという女優はまったく好みと外れていて、観ていても興味がわかないのだ。

だが仁美はこの映画が好きで、よく飽きないなと思うほど何度も観ている。

「ヨシくん、なんかすごく機嫌悪いのね。何かあった？」

「あ……まあ。ずっと調子悪いからな……」

「いつ上に戻れるの？」

能天気なやつだ、と嘉晃は思う。仁美は野球にはけっこう詳しいのだが、嘉晃の現在の状況については極めて楽観的というか、危機感はまるでなさそうだった。

「戻れないかもしれないぞ」

嘉晃は、少し意地の悪い気持ちになって言った。

「このまま二軍暮しで今シーズン終わったら、来年は年俸半減だな。今年の分の税金、払えないかもな」

「貯金してるもの」

「とんでもない額になるんだぞ」

「仕方ないじゃない、税金くらい払うわ」

「いいのかよ、俺がこのまま二軍にいても」

「いいわけないでしょ。頑張って早く上がってよ、上に」

「簡単に言うな。今日、外野に行けって言われたんだぞ」

「行けって……球拾い？」

嘉晃は思わず笑い出した。

「なんだかわかんないけど、映画観てるんだから邪魔しないでよ」

「仁美はいつも気楽そうだなあ」

「何よその言い方。あなたはいつもわたしのこと、馬鹿にしてる」

「そんなことないよ。なあおまえはどう思う？　コーチから、外野をやってみないかって言われたんだ」

「セカンド、やめちゃうの？」

「やめないよ。やめるつもりなんかない」

「そっか」

仁美はリモコンを操作して映画を止めた。

「上杉高也のせいね」

「知ってるのかよ、上杉のこと」

「知ってるわよ」

仁美はグラスに注《つ》いだ赤ワインをくっと飲んだ。

「去年の納会の時にお話ししたもん」

「いつの間に」

「南井《みない》さんの奥さんが紹介してくれたの」

「南井龍一《りゅういち》？」

「上杉くん、南井さんのお宅によくお邪魔してるみたい。南井さんの奥さんって料理研究家だものね、手料理もきっとおいしいんでしょうねー」

南井龍一はベテランの主力投手で、南井の妻はテレビにも出ている料理研究家だ。

「かわいいわよね、上杉高也」

「あんな顔が好きなのか」

「好きよ。でも顔はかわいくても、やることはえげつないみたいね。とんでもない才能だって」

嘉晃は黙った。ここ数日、上杉高也の一軍での活躍はどのスポーツ新聞にも大きく取り上げられている。四打数四安打で一日に七打点も叩《たた》き出したり、ランニングホームランを含む三打席連続ホームランをやってみせたり、昨日は確かサイクル安打まであとシングルヒット一本だったのに、最終打席でまたヒットを打って一塁で止まらず二塁打になってしまってサイクルを逃したとか、何の冗談だ、と思うほどの活躍で、すっかりブレイクしてしまった。長打力がある上に広角打法、俊足で盗塁もリーグトップに躍り出た。一軍昇格してたった三週間足らずで、今やチームの「顔」である。

そうした上杉の活躍を、できるだけ知らないふりをしていたかった。だからスポーツ紙も家では開かなかったし、ナイター中継も観ていない。

「コンバート、誰に言われたの？」

「西内さんだよ」

「西内さん……そう、だったら親心なんでしょうね。……上杉高也は、球団がスターと認定した選手なのよ。これから先、球団はことあるごとに上杉高也を売り出そうとする。ヨシくんだってわかってるでしょ。ヨシくんが一軍に昇格しても、セカンドはもう空かない」

「仁美……」

「わたしたちが結婚した七年前のこと、憶えてる？　一軍でセカンドを守っていたのは、木戸《きど》さんだった」

木戸英介《えいすけ》。嘉晃は久しぶりにその名前を思い出し、木戸英介の温かい笑顔を思い出した。

「いい人だったよね、木戸さん。わたしたちの結婚披露宴でしてくれたスピーチ、感動的だった。でも結婚した翌年、開幕でセカンドを守ったのはヨシくんで、木戸さんじゃなかった。木戸さんは代打でしか試合に出られないようになって……二年後だったかしら、引退したの。今は何されてるの？」

「確か、不動産屋に勤めてマンション売ってるんじゃなかったかな」

「ヨシくんも木戸さんのセカンドを奪った。今度は上杉高也がヨシくんからセカンドを奪う。そういう世界だって、ヨシくん、言ってたよね」

「ああ」

嘉晃はうなずいた。

「そういう世界だ。だが木戸さんより俺のほうが守備は上手かった。だから俺のほうが打てるようになれば俺が勝つのは当然だ。でも上杉より俺のほうが、守備は上だ。なんで俺がコンバートされて、下手クソな上杉にセカンドを守らせる必要があるんだ？　外野で使うなら上杉を使えばいい」

「と言うか……チームとしてはもう、ヨシくんを無理して使う必要がない、ってことなのよ。上杉高也がいるなら……ヨシくんはいらない」

嘉晃は思わず怒鳴った。

「ふざけるな！」

「ふざけてなんかいない。怒鳴ったって状況は変わらないわよ、あなた。西内さんがあなたにコンバートを提案したのは、それが唯一の道だからよ。あなたがもう一度一軍でレギュラーになれる、たった一つの方法だからよ！　それが嫌ならあなたも木戸さんのように、代打専門になるしかない。セカンドを争ったらあなたは上杉高也に勝てない。外野なら、あなたにも勝つチャンスがある。西内さんはあなたにチャンスをくれようとしたのよ。……あなただって、そんなこと、わたしが言わなくても全部わかってるでしょう？」

仁美はグラスを持って立ち上がった。

「わたしは、どっちでもいい。あなたがどこを守ろうと代打専門になろうと、あなたが決めたことなら何も言わないし言う資格もない。年俸が下がれば生活は大変になるかもしれないけど、収入が不安定で来年の保証がない仕事なのは結婚する時に覚悟していたもの、そのくらいのことでおたおたしたりしない」

「仁美……」

「問題はそういうことじゃない。そんなことじゃないって、ヨシくんだってわかってるでしょう?」

「仁美、おまえ何言ってるんだ……?」

「わたしが何も知らないって思ってる? また騙《だま》せるって甘く見てる? わたしはヨシくんがずっと二軍のままだって、そんなの平気よ。年俸が今の十分の一になったって、わたしがパートでもなんでもすればいいんだもの、へこたれたりしない。でも、たとえ今よりもっとお金が稼げるすごい大スターになったとしても、一軍で上杉くんよりすごい活躍したとしても、わたしのこと簡単に考えて、ないがしろにして、裏切って、騙して……そんなあなたとは暮らせない。そんなあなたの妻でなんか、いたくない!」

仁美が消えたリビングにひとり座って、嘉晃は半ば呆然《ぼうぜん》と、何も映っていない真っ黒な液晶画面を見つめ続けた。

5

横須賀《よこすか》でイースタンリーグの試合が行われる朝、嘉晃は車で球場に向かっていた。

外野へのコンバートについては、返事をしていない。西内もせかすことはなく、嘉晃の顔を見ても何も言わなかった。

若手や、一軍での活躍経験がない選手ならば、コーチの命令でコンバートを強制することもできるだろうが、すでにゴールデングラブ賞まで受賞し、年俸が億に届いた嘉晃に対してはそれもできない。だが嘉晃を一軍に上げるかどうか、上げてスターティングメンバーとして守備につかせるかどうかは、首脳陣が決めることで嘉晃にはどうしようもない。つまり、コンバートを承知するか拒否するかは嘉晃の自由だが、その結果として代打要員になる、あるいは一軍に昇格せずにこのまま二軍暮しが続くことになっても文句は言えない、ということだ。

それでも嘉晃は割り切れない思いでいた。

上杉高也がどれほどの打撃の天才であっても、セカンドの守備力だけ比較すれば俺のほうが上だ、と思う。ならば、なぜ上杉をセカンド以外のポジションに、という判断がないのか。確かに今の一軍は、内野はすべて不動のレギュラー陣で埋まっている。だがショートを守る宮田はもうすぐ四十歳、現役が続けられるのは長くてあと二、三年だろう。もしかすると今年のシーズン終了までに引退を発表するかもしれない。上杉は高卒だが、甲子園に出た時はショートを守ってたはずだ。宮田の後継者として今からショートを守らせればいいじゃないか。なぜ俺を内野から追い出すんだ。

確かに高校の頃から強肩は評価されていた。外野を守ったこともあるにはある。だが、内野手に固定されてからは外野守備の練習など遊びでもしたことがない。今さらコンバートされて、レギュラーに復帰できるまでの守備力が身につくのかどうか。それでなくても打撃不振からの脱却という命題を抱えているのに、この上なんで、不慣れな外野守備の練習までしなくてはならないのか。

もしかすると俺は、首脳陣の誰かに嫌われているのではないのか？

嘉晃は疑心暗鬼になっていた。

そうだ、きっとそうなんだ。俺は嫌われている。外野コンバートなんか持ちかけて、承諾しなければ二軍に塩漬けにして、飼い殺しにするつもりかもしれない。国内FA権の取得は、今シーズンを一軍のレギュラーとして終われれば来年の秋にはなんとか手が届く。だがこのまま二軍にいたのでは、いつまで経っても取得できない。そうこうしているうちにトレードに出される。きっとそうだ。

クソ、それなら今すぐトレードに出してくれ。内野を追い出されるくらいなら他のチームに行ったほうがいい。上杉のほうが俺よりそんなに大事なら、別にいいさ、上杉と勝負なんかしなくていい。他のチームで、俺のセカンド守備を必要としてくれるところで出直してやる。

あれこれ考えると想像が先走り、気持ちばかり焦る。

関係者用駐車場に車を止め、ビジターチームのロッカールームに急いでいた時、駐車場の金網の外に翠が立っているのに気づいた。

ドキッとした。と同時に、むかっ腹が立った。だが無視するしかなかった。金網の外には、熱心なファンが何人か、球場入りする選手を見ようと立っている。その前で痴話喧嘩《ちわげんか》をするわけにはいかない。

　翠の射るような視線を感じながら、ビジターチーム用のロッカールームに続くドアを開けて中に入った時はホッとした。ロッカールームは地下に作られているので、廊下から階段を下りなければならない。バットケース、グローヴを入れたケースに、着替えやタオルを詰め込んだキャリーバッグ。二軍のビジター試合は各自の荷物が多い。エレベーターはないので、荷物を抱えて階段を下りるのはやっかいだ。

　よたよたと階段を下りていると、背後から声がかかった。その声に心臓がドキンと跳《は》ねた。反射的に振り返る。階段の上に翠が立っていた。

「翠……どうやって中に入った？」

　翠は黙って、マスコミに配られる取材章を掲げて見せた。どうやって手に入れたのか、名の通った野球雑誌の名前が書いてある。

「すぐ出て行けよ。ここは関係者以外入れない。警備員に嘘《うそ》がばれたらつまみ出されるぞ」

　翠は無言のまま、階段を下りて来る。

「こら、下のロッカールームは記者でも入れないぞ！」

「嘉晃」

　翠の声は、ひどく静かだった。

「携帯、替えたね」

「この前おまえが変なこと言うからだ。俺を脅迫したろう」

「あたしね、嘉晃が好き」

「翠、いい加減にしろよ」

「好きなの。だから別れたくない」

「もう無理だ。無理なんだよ」

「だったら嘉晃があたしの前から消えて」

「消えてって……」

「消えてよ。嘉晃のこと考えるとあたし、生きていられないのよ。眠れないし、ご飯も食べられない。このままだと死んじゃうの」

「翠、あのな、俺なんかにいつまでもかかわってたって、いいことないんだぞ。おまえはまだ若いし可愛い、いくらでもいい男がい……」

どん、と胸のあたりに衝撃を受けた。翠が階段の上から自分めがけて飛びかかったのだ、と思った時には、からだが宙に浮いていた。

悲鳴を上げる間もなかった。

自分の胸の上に翠のからだを乗せたまま、嘉晃は階段を転げ落ちていた。

＊

全治三週間。そんなもので済んで本当に良かった。

ただ、ヒビが入ったのが足のスネあたりで数日間は完全固定しないと治りが悪くなると言われたこと、後頭部を強打していたので脳波の検査が必要だったこともあって、三日入院した。

松葉杖《まつばづえ》をついて自宅に戻ると、リビングの家具が半分くらいに減っていた。一瞬、仁美がとうとう出て行ったのかと目の前が暗くなりかけたが、松葉杖生活の嘉晃が動き回りやすいようにと片づけただけだ、と知って心底ホッとした。

運悪く目撃者がいたことで、翠は一時的に警察に拘束されたらしい。嘉晃の意識が戻るまで半日ほどかかったので、病院のベッドで目が覚めた時、翠の安否が心配でたまらなかった。翠は軽傷だと判《わか》った時は、思わず涙が出そうになった。生まれて初めて、神に感謝したい気持ちだった。

病床に事情聴取に来た警察官に、ただの事故で翠が故意に自分を突き落としたわけではない、と証言した。真っ赤な嘘だったが、宣誓したわけではないので犯罪じゃないよな、と嘉晃は心の中で思った。

翠が余計なことを言えば、すぐにもマスコミが飛びついて来て週刊誌で笑いものになる。それをおそれてビクビクと数日過ごしたが、ちょっと行き過ぎたファンの女の子が嘉晃に抱きついて起こった不幸な事故、ということで世間は納得してくれたらしい。自分ではとても見る気になれなかったが、チームメイトがネットの匿名掲示板まで覗いてくれて、嘉晃はボロクソに叩かれてはいたものの、その論調は、野球選手だったら女に飛びつかれたくらいで階段落ちんな、ボケ、というものが多かったらしい。もちろん、どうせ一軍に上がってても上杉がいるからもうあいつはいらない、という意見が圧倒的だったのだろうが、チームメイトはさすがにその部分には触れなかった。

仁美は、何も言わず何も訊かなかった。そのことが嘉晃には何より怖かったのだが、あえて自分から口を開いてもやぶ蛇になるだけだ、と思った。とにかく一日も早く足を治して、練習を再開しなければ。

明日から寮で筋トレをスタートしよう、と思っていた朝に、訪問者があった。翠の両親だという。愛媛《えひめ》から出て来た、と、二人は玄関先で平身低頭、仁美がなんとか二人をリビングまで案内して、とにかくソファに座らせようとしたが、なんと、二人は嘉晃の目の前でいきなり床に座り込み、頭をつけて土下座を始めた。

「本当に、申しわけありませんでした」

父親は涙声で言った。

「娘から本当のことを聞きました。まさか……まさか娘が……こんなことになってしまい、我々の育て方が間違っていたのだと……」

「ごめんなさい、ごめんなさい」

母親は泣き出していた。

「大事なおからだにお怪我をさせてしまって……ごめんなさい、あの子をゆるしてやってください、どうかどうか」

「ちょ、ちょっと待ってください」

嘉晃は慌てた。

「お願いですから、頭を上げてください」

「御坂さんが警察に、事故だった、娘は悪くないと言ってくださったおかげで、あの子は逮捕されずに済みました。……こんなにご迷惑をおかけしたのに……」

「いやそれは」

保身だ。ただの保身です。俺は自分を守りたかっただけです。不倫のあげく女に殺されそうになったなんて知られたら、球団をクビになるかもしれなかったから、だから……

嘉晃は呆然と、泣きじゃくる翠の母親を見ていた。

胸が切り裂かれるような痛みを感じた。全身が燃えてしまうような恥ずかしさを感じた。

この人たちは、翠を愛している。

翠はこの人たちにとって、大切な宝物なんだ。

俺は……俺は、なんということをしたんだろう。

この人たちの宝物を傷つけ、壊し、足蹴《あしげ》にした。この人たちが慈しんで育てたお嬢さんを、消耗品のように扱った。

自分の性欲を満たす道具にした。

自分の情けなさをぶつける、はけ口にした。

俺は……最低だ。最低のクズだ。

嘉晃は松葉杖を放《ほう》り出して、膝《ひざ》を床についた。ギプスで固定された片方の足を横に出したままでからだを二つに折った。だらしない形だ。それでも、これが俺の、人生初土下座だ。

嘉晃は、涙がこぼれてフローリングを濡《ぬ》らすのを感じた。

「わたしが……この御坂嘉晃が、悪いんです」

嘉晃は声を絞り出した。

「わたしのせいです。何もかも、わたしが悪いんです。翠さんは悪くない。謝らなくてはならないのはわたしなんです。本当に、本当に申しわけありませんでした。お嬢さんにゆるしてもらえないなら、引退します。でも……でも、お嬢さんと結婚することが、わたしにはできません。わたしには妻がおります。わたしは……わたしは妻を……愛しています。こんなことになってしまって今さら恥ずかしい、情けないことですが……どうしたらいいか、わたしに何をしてほしいか、お嬢さんのお気持ちを教えてください」

それからあとのことは、あまりよく憶えていない。感極まった、とでも言えばいいのか、嘉晃は号泣してしまったのだ。

ふと気がつくと、翠の両親はもう帰っていて、自分はソファに横になり、冷たいタオルで腫《は》れ上がった瞼《まぶた》を冷やしていた。

そして、仁美が横にいた。仁美は、タオルが落ちないようにそっと押さえてくれていた。

「一からやり直そう」

仁美がそう言って、嘉晃の手を握った。

「やり直せるよ、ね」

嘉晃は、うん、と答えた。

*

外野守備の練習は、想像以上にきつかった。球の追い方も捕球のしかたも、投げ方も、内野とはまったく違う。球がバットに当たった瞬間の音で球がどちらの方向に飛んで来るか判断しなくてはならないし、守備で走る距離も半端ではない。

だが嘉晃は、コーチに怒鳴られながら外野を右往左往していることが、ひそかに楽しくなりつつある。

幸い、怪我の後遺症はほとんどない。走力は以前と比較しても落ちていない。レーザービーム、と俗に呼ばれる矢のようなホームへの返球を成功させてチームメイトから拍手が出た時は、まるで高校の野球部で、二年生で初めてのレギュラー入りを発表された時のように、新鮮な誇らしさを感じたりした。

不思議なもので、特に何かを変えたというわけではないのに、バッティングも調子を取り戻しつつある。二軍試合、六番ライト、今日は四打数三安打。

翠は両親と共に愛媛に帰った。両親からの手紙によれば、鬱《うつ》病と診断されたらしい。嘉晃との恋愛問題だけがその原因ではない、と書いてあった。翠は翠で、声優という仕事で厳しい世界を生き抜く為に、たくさんのものを犠牲にし、ボロボロに傷ついていたのだろう。

だが、だからといって、自分のしたことが免罪されるわけではない。嘉晃は、翠がもし、プロ野球選手のおまえをもう見たくない、と言ったら、潔く引退する覚悟を今でも持っている。

上杉高也は本物の天才だった。八月に入った時点ですでに、首位打者、本塁打王、打点王、盗塁王の四冠状態。タイトルが獲《と》れるかどうかはまだわからないが、本塁打三十二、盗塁三十をすでにクリアして、打率も三割三分台である。あと一ヶ月、一試合四打席で一本ヒットを打って一つ四球を選ぶ、を維持できれば、弱冠二十歳にしてトリプルスリーの偉業を達成することになる。

嘉晃はもう、上杉に対してライバル心のようなものは持っていない。プロ野球の世界には、次元の違う本物の天才が何人もいる。それは仕方がないことなのだ。どんな業界にだってどんな仕事にだって、そうした天才は必ず現れて、そしてそうした天才たちが新しい道を作っていく。

けれど、野球は、天才が五人いたって試合ができない。最低でも十八人揃《そろ》わないと。そしてプロ野球を維持していくには、少なくとも五百人くらいの選手が必要なのだ。たとえ本物の天才が君臨する世界だとしても、数百人の「天才とまではいかないけれど、普通の人よりははるかに野球が巧いやつら」こそが、プロ野球の原動力だ。


「御坂！」

二軍監督の一文字《いちもんじ》が手招きした。嘉晃は走って監督のそばに寄った。

「明日、上がるぞ」

一文字は笑顔だった。

「長かったな。上に戻って、目にもの見せて来いよ」

「は」

嘉晃は、こみあげて来た嬉しさを呑み込んで言った。

「はい！」

「もう二度と戻って来るなよ」

「はい！」

「おまえの居場所は、ここじゃない。まだシーズン残り一ヶ月ある。思いきり暴れて、チームを優勝させてみろ」

「はいっ！」

嘉晃は、走って外野まで戻る途中で、思わず万歳、と叫んだ。

練習が終わったら仁美に電話しよう。

今夜は仁美と、とびきりうまいもんを食いに行こう。

そして早く寝よう。

明日の朝、目が覚めたら、俺はまた一軍選手なんだ。

背番号

1

来るべき時が来た、ということか。

道長将太《みちながしょうた》は、信号待ちで思わず、ハンドルに額をつけた。

覚悟はあった。そうなる可能性があることは、ドラフト会議の中継をテレビで観《み》ていた時からわかっていた。が、心のどこかではわずかに甘い期待もしていたのだ。

あと一年、来季はそのままにしてくれるんじゃないか、と。

たった四年。四年間しか、その背番号をつけていられなかった。

18。

将太が所属するチームでは、18は左のエース番号である。甲子園で準決勝まで進み、ピッチャー返しを足に受けて骨にひびが入って不運な降板、優勝旗を持ち帰ることはできなかったが、ドラフトでは三球団に一位指名され、まさに鳴り物入りでプロ野球界に。球団からは背番号18をプレゼントされた。

新人練習では二軍グラウンドにマスコミが詰めかけた。どこに行ってもファンや記者に取り囲まれた。キャンプも一軍、オープン戦から先発登板させて貰《もら》った。

あれがわずか四年前のことだなんて。

そのままマンションに帰る気にはなれず、目についた入口から高速道路にあがった。

十月の東京は中途半端に秋になっていた。紅葉と呼べるほどではない、薄く色づいた街路樹。青いような白いような、どこか力なくよどんだ空。

首都高は混んでいる。平日の午前十一時、世間の人々はみな、仕事中。数珠《じゅず》繋《つな》ぎになった車も大部分が商用車だ。

東京タワーをぐるっとまわりこむように走りたかったのに、渋滞のせいでとろとろとしか進まなかった。3号線から東名にでも入ってロングドライヴをすればよかった。後悔しつつ、手近なところで高速を降りた。知らない東京の通りを適当に走り、飽きたところで路肩に停《と》めてスマホを取り出した。


――契約更改、済んだ。


LINEに書き込む。しばらく画面を眺めていたが、既読にはならなかった。仕事中なのだろう。今日はどこで撮影だって言ってたかな。

恋人の筒井《つつい》麻里奈《まりな》は女優だ。将太より三歳年上、中学三年生の時にアイドルグループの一員として芸能界デビューし、一時はかなり人気もあった。将太も当時、ニキビ面の野球少年ながら麻里奈のファンだった。ちょうど将太がプロ入りした頃に、アイドルグループを卒業して女優業一本に。お世辞にも演技が上手というわけではないが、ドラマの準主役くらいのところでけっこう使われている。そんな麻里奈とは、二年前に合コンで知り合った。プロ野球の選手になって、モデル、女子アナ、グラドルに若手女優と、嘘《うそ》のように華やかな女の子ばかりの合コンに参加するようになった。テレビに出ている女はやっぱり、普通の女の子とはちょっと違う。なにより可愛《かわい》いし、垢抜《あかぬ》けている。そして麻里奈は、中学生男子には憧《あこが》れの対象だったのだ。舞い上がらないでいろと言われても無理な話で、将太は思いっきり舞い上がり、夢中になった。玉砕覚悟でアタックし続け、やがて根負けした形で麻里奈が応じてくれて、デートを重ねるようになった。

二年前のあの頃はまだ、明るい未来が見えていたのだ……将太の目にも。

運も実力のうち。入団一年目、夏までは二軍で五勝をあげ、一軍昇格間近と言われて絶好調だったのに、七月に入ってすぐに怪我《けが》をした。肘《ひじ》の腱《けん》の損傷。結局その年はほぼ棒に振って、やっと球が投げられるようになった頃にはシーズンが終わっていた。

二年目はキャンプも二軍スタート。腱の状態を気にしながら、薄氷を踏むようにして投げ始めた。それでも二軍戦ではそこそこの投球ができていたので、その年のうちには一軍に昇格できると信じていた。麻里奈と出逢《であ》ったのもその頃で、プロ野球選手としての自分の未来には自信もあったから、麻里奈に交際を申し込む度胸があったわけである。

が、そろそろ一軍から声がかかるんじゃないか、と将太本人も周囲も期待し始めた矢先に、デッドボールで左手の甲を骨折。

二軍戦でピッチャー相手にデッドボール、さすがに相手投手には激しい怒りをおぼえたが、当てたくて当てたわけではないことは、同じ投手だけによくわかっていた。だが骨折と判明した時は、心底がっかりした。

そう、運も実力のうちなのだ。言い訳はしたくない。もともとそういう世界であり、運を味方につけた者だけが成功できるのだ。無事是名馬《ぶじこれめいば》。プロ野球選手として最も大事なことは、怪我をしないこと。

二年目も後半は治療とリハビリで終わってしまった。

三年目に入ると、二軍キャンプに将太を取材に来るマスコミはいなくなった。開幕までには投げられる状態になってはいたが、やはりスタートは二軍から。そして、今度はなかなか勝てなくなってしまった。手の甲の骨折は完治しているはずなのに、感触が完全には戻って来ない。変化球のキレがなくなり、ストレートのスピードも落ちた。

が、そんな状況の中で、麻里奈との恋愛が順調なことだけが救いだった。麻里奈はドラマでの露出は減っていたが、映画の仕事に本腰を入れているようで、段々難しい役にも挑戦するようになっていた。元アイドルの肩書きがまったく通用しない、本格的な女優業への階段。それを一歩ずつ上る不安や焦燥《しょうそう》、恐怖などを、麻里奈は、将太との逢瀬で吐き出していた。まだやっと二十歳を何ヶ月か越えた程度の将太でも、麻里奈にとっては大切な話し相手、愚痴を聴いて貰える人だったのだろう。

そして八月、チームが完全に優勝争いから脱落した頃に、やっと将太は一軍に呼ばれた。初めて、本拠地の球場でマウンドに立った。最初は大敗している試合の終盤に敗戦処理として。一点はとられたが、二イニング投げさせて貰えて三振も二つとれた。まあまあの出来だった。そして次の登板はビジターゲームで、大勝している試合の最後をまかせられた。十対三、点差は七点。満塁ホームランを一本打たれても勝てる、そんな場面だった。投手コーチからは、二、三点とられていいから思い切って投げて来い、と送り出された。そこでいい投球ができていれば、先発の可能性もある、そうも言われていた。

なぜか、ストライクが入らなかった。四球を二人続け、三人目にやっとキャッチャーフライでアウトを一つ。だが四人目の打者にぶつけてしまった。きわどいところに投げたわけでもないのに、すっぽ抜けた。一死満塁。そのあたりから、記憶が曖昧《あいまい》だ。あたまに血がのぼって、わけがわからなくなってしまった。投げても投げてもストライクが入らない。ストレートの四球で押し出し。続く打者にも四球で二点目。それでも点差はまだ五点あった。マウンドにみんなが集まってくれて励まされたが、その言葉すら耳に入って来なかった。

そして、次の打者に、満塁ホームランを打たれて降板した。

とれたアウトは一つだけ。六点を入れられた。幸い、クローザーが一点差を守り切って試合には勝利したが、将太はその試合を最後まで観ていない。コーチにホテルに戻れと言われ、そのまま球場を離れた。そしてホテルに着くと、マネージャーが帰りの飛行機のチケットを渡してくれた。帰京命令。そのまま二軍へ降格だった。
その後一軍に復帰できないまま、三年目が終わった。

今年は、自分でも勝負の年だと思っていた。オフシーズンから徹底してからだをつくり、地道に筋トレやランニングに励んだ。キャンプは二軍だったが、休日でも遊ばずに球場に通い、練習に励んだ。スマートフォンで麻里奈とやり取りすることだけが心の支えだった。麻里奈は女優として確実にステップアップしていて、その年には韓国映画での準主役も決まっていた。それでも麻里奈は驕《おご》ることもなく以前のまま、明るく優しかった……逢うことのできる時間はどんどん減っていたけれど。
明るい兆しははっきりと見えていたのだ。今年の春、二軍のリーグ戦が開幕した頃までは。

春先は先発で五、六回まで投げて、失点は二、三点以内に納まっていた。二軍の試合では勝ち負けも大事だが、それよりも一軍に昇格させて貰う為《ため》のアピールがより重要だ。多少失点しても、球そのものの質の良さがあれば昇格の可能性がある。決め球にできそうなキレのいい変化球、伸びのいい速いストレート、安定したコントロール。五月が終わる頃までは、得意のフォークボールもよく落ちていたし、球速もマックスで151㎞／hくらい出ていた。少々コントロールにばらつきはあったが、投げ込んでいくうちに安定して来るだろうと考えていた。

が、汗ばむ季節になる頃には、失点が増え、五回を待たずにマウンドをおろされてしまう経験もした。二軍戦は試合の経過にかかわらず、監督が予定した投手が予定した回を投げるのが普通なのに、早めにおろされてしまったということは、その日はそれ以上投げさせても無駄だ、と判断されたということだった。原因ははっきりしていた。コントロールが定まらないのだ。春先はほんの少しのばらつき、不安定さで済んでいたのに、落ち着くどころか日に日に悪くなっていた。四球を出し、カウントを悪くしてストライクを取りにいって狙《ねら》い打ちされる。二軍投手コーチと話し合い、フォームの確認もした。投球をビデオで観て、どこがおかしいのかもチェックした。思いつくことはすべて試してみたし、コーチのアドバイスもすべて受け入れた。だが改善できず、やがて先発ローテーションから外された。

もがき苦しんだ夏だった。

四年前に同じドラフト会議でプロ入りした同期生が、オールスターゲームに出て活躍する様をテレビで見て、自分でも気づかないうちに悔し涙が流れていた。

そんな時、麻里奈は映画の撮影で韓国に行き、ひと月近く逢えなかった。帰国してからもスケジュールが詰まっているらしく、ＬＩＮＥでメッセージを送ってもなかなか既読にならなかった。

秋風が吹く頃になって、麻里奈と若手男優との恋愛問題が週刊誌に載った。麻里奈は否定したし、記事そのものも決定的な写真などはなく、ただ、伝聞をもとに書かれているだけだった。おそらくは話題作りの為に、男優側が週刊誌にそれとなくリークしたのだろう、という麻里奈の言葉を、将太は信じた。信じるしかなかった。プロ入り四年目のシーズンも二軍暮しで終わってしまった自分には、人気女優になりつつある麻里奈を独占するだけの力も資格もない。だがそれでも麻里奈が自分を見捨てずにそばにいてくれるのなら、来年こそは必ず一軍選手として活躍して、麻里奈にふさわしい男になってやる。そう思って唇を噛《か》むしかなかったのだ。

そんな矢先だったのに。

「大変申し訳ないんだが、来シーズンは背番号を変更して貰いたい」

左のエース番号、18の剝奪《はくだつ》。

提示された新しい背番号は、65。

65、自体は、このチームでは印象の悪くない番号だ。つい一年前まで、中継ぎエースとして活躍していた西村《にしむら》選手がつけていた番号だった。その選手は若い番号への変更を断って、最後まで65を背負っていた。育成選手から這《は》い上がった生え抜きで、最優秀救援投手賞もとったことがある。物静かな人で、若手の将太たちにも丁寧で優しかった。引退試合も断ったくらい謙虚な人で、引退後は編成部に入り、スカウトになった。

その65を用意してくれたということは、球団もそれなりに気はつかってくれている、ということ。しかし、世間的に見ればこれは「降格」なのだ。

背番号のことはＬＩＮＥで気軽に伝える気にはなれなかった。将太はスマホをしまい、車をスタートさせた。

2

「よくわからないけど、良かったね、って言っていいのよね？」

上目遣いに将太を見ながら、麻里奈がニコッとした。

「うん。まあ、良かった」

「じゃ、おめでとう。秋季キャンプメンバー入り！」

麻里奈がワイングラスをかかげる。

実際のところ、おめでとう、と言われるほどのことではない。喜《よろこ》びよりも安堵《あんど》のほうが強い。

秋季キャンプは基本的には若手が参加するもので、ベテランや不動のレギュラー選手、先発ローテーション入りしているような投手は参加しない。十一月いっぱいは支配下選手としての義務があるので、彼らベテラン勢やスター選手も秋季練習の名目で練習グラウンドには出向くが、みっちりと練習をするというよりは、シーズン中に酷使したからだのメンテナンスが目的となる。そんなわけで、秋季キャンプメンバー入りしたということは、少なくともスター選手、不動のレギュラー陣には数えられていない、ということになる。が、キャンプと名がつくからには地方のキャンプ地に移動して合宿をするわけでそれなりに経費もかかるから、若手だからと言って全員無条件で連れて行って貰えるわけではない。怪我や故障があってキャンプでの練習に不向きな選手はもちろん外されるが、特に故障もないのにメンバー入りできない選手もいるのである。とりあえず戦力外は免れたけれど、さほど期待もされていない、そんな立ち位置の選手、ということになる。

秋季キャンプメンバーに入ったということは、いちおうは「頑張って来季は活躍してくれよ」ということで、まったく期待されていないわけではない、という点では、まあおめでたいことなのかもしれない。

将太は、無邪気な麻里奈の言葉に素直に喜びをあらわせない自分が、ちょっと嫌だ、と思った。

背番号変更のことを話した時も、麻里奈は驚きも悲しみもせず、へえ、と言って笑っていた。背番号って大きくなることもあるのね。

麻里奈の野球音痴は今に始まったことではなく、それが将太にとっては気楽で良かったのだ……これまでは。だが今は、麻里奈の無邪気さ、悪気のない言葉が、なぜか将太の神経に障った。背番号が大きくなった。ただそれだけのことだ。それだけのことだが、将太にとってはこの四年間を否定されたも同然の屈辱なのだ。甘ったれと言われても、今は慰めて欲しい。麻里奈に優しい言葉をかけて欲しかった。

だがそんな気持ちと裏腹に、麻里奈に同情されたら余計にみじめな気持ちになり、苛立《いらだ》つだろうとも思った。自分は麻里奈に嫉妬《しっと》し、ひけめを感じている。

やめよう。今は二人の時間を楽しもう。

少なくとも麻里奈はまだ俺のことを好いてくれている。そうでないなら、忙しい合間をぬってわざわざ部屋まで来てくれるはずがない。


「思ったより綺麗《きれい》にしてるのね、将ちゃん」

麻里奈はワインのせいで少し薔薇色《ばらいろ》に頬《ほお》を染め、とても綺麗だった。

「寮を出るって聞いた時は、男の一人暮しなんかでちゃんとお掃除とかできるのかな、って心配したんだけど」

将太は、今シーズンの二軍公式戦終了後に、それまで暮していた寮を出た。将太のチームでは、新人で入団した選手は、入団時点で既婚の者を除いて全員入寮することになっているが、二年を過ぎると自由に退寮できる。だが年俸が少ない二軍選手のうちは寮にいたほうが生活費が低く抑えられ、食事の心配もいらないので、そのまま三年、四年と寮暮しを続ける者が多い。寮内には打撃練習場やトレーニングジムもあって便利なのだ。ただ、ガールフレンドを自室に連れ込むのはご法度、球団職員や選手以外は玄関ロビーまでしか入れない。入団して三、四年目ともなればみな、ガールフレンドや恋人ができるので、次第に寮暮しが不便に感じられるようになる。それと同時に、そこそこ活躍して年俸が上がって来た選手は、そろそろ寮を出たらどうかと周囲に言われるようにもなる。寮の部屋数には限りがあるので、新人が入れる分だけは空けなくてはならない。

将太の年俸は八百万と少し。二十二歳の一般的なサラリーマンの年収と比較すれば高額だが、プロ野球選手としては最下層だ。ドラフト一位指名だったので契約金は億に届きそうなほど貰ったが、税金を払った残りは、周囲のアドバイスに従ってすべて貯金した。この世界、一寸先は闇《やみ》。いつクビになっても生活に困ることがないように、契約金は丸ごと貯蓄する選手は多い。

年俸は低くても、一軍に登録されると加算がつく。一軍最低年俸というものがあり、一軍登録されている間はそれが保証されるので、実際の年俸との差額が登録日数の日割りで加算して支払われるのだ。だが今年は一度も一軍登録されないままで終わってしまったので、加算はなし。

本音を言えば、もう少し寮で暮していたかった。どのみち忙しい麻里奈とはシーズン中はほとんど逢えないのだから、寮生活でもその点での不便はさほど感じなかった。特にこの一、二年は、まるで中学生の恋愛のように、スマホでやり取りする文章だけの交際に近かった。寮にいれば、とりあえず三度の食事の心配はいらず、掃除も自室だけで済む。筋トレをするのにわざわざ出かける必要もない。それに、仲のいいチームメイトと互いの部屋でテレビゲームをしたり、愚痴を言い合いながらだらだらと過ごすのも楽しかった。

だが、二軍マネージャーの高木《たかぎ》からは、そろそろ退寮して独立したら、と言われてしまった。ドラフト会議が終わり、来季は八人の新人が入団することになった。八人全員が独身、つまり入寮する。戦力外や引っ越しで何室か空きが出ているが、シーズン途中でトレード移籍して来る選手もいるので、常に空室を何室かは確保する必要がある。そろそろだろうな、と自分でも思っていたので、先輩に紹介された不動産屋に部屋探しは依頼してあった。が、その部屋探しそのものが、ある意味自分にとっての「人生の選択」だった。

一軍の本拠地球場は都心にあるが、二軍の練習場と球場は埼玉県にある。来季も二軍暮しとなれば、新居は二軍球場に便利な場所で探すほうがいい。用具や着替えなどけっこう荷物が多いので車で通うことになるが、首都高の朝の渋滞はきつい。

だが一軍選手になると、ほとんどの試合がナイターになる。試合を終えて風呂《ふろ》に入り、マッサージなど受けていると球場を出るのは午後十一時頃。二軍球場近くに住んでいると、部屋に帰り着くのは午前様。不便だ。

寮を出る時にその選択で悩まなくてもいい選手は、入団して二、三年のうちに一軍定着できた者。将太はできなかった。従って、悩んだ。

それは合理的な選択をするかどうかではなく、自分の決意がどの程度のものなのか、客観的にみて自分の選手としての可能性がどの程度のものなのか、それを判断する、ということだった。

冷静に考えれば、少なくとも来季の前半は二軍生活になるだろう。だがそのあとは？

もし来季も一軍昇格がなければ、その先に待っているのは良くてトレード、おそらくは戦力外通告。

だとしたら、二軍球場に便利なところなんかに住むことに、何の意味がある？

たとえ無駄になっても、一年で退去することになったとしても、都心の部屋を借りて、ぜったいに一軍暮しになるぞ、という自分の決意を形で示したほうがいい。

そうじゃないか？

「ねえ、聴いてる？」

麻里奈に袖《そで》を引っ張られて、将太は物思いから覚めた。

「ごめん、なんだっけ」

「うん、もう」

麻里奈は、ぷっ、と頬を膨らませた。

「だからぁ、オーディション受けるのよ、わたし」

「オーディション？　今さら？　新しいアイドルユニットかなんか？」

「違うってば。ＮＨＫだってば。朝ドラ！」

「……朝ドラって、あの、毎朝やってる？」

「それしかないでしょ、朝ドラって言えば。ヒロインのオーディション、やってみないかって言われたの。これってすごいチャンスなんだよ。朝ドラのヒロインに抜擢《ばってき》されたら全国区で顔がばっちり売れるし、そのあとも女優として一気に波に乗れる可能性大なんだから」

「でも麻里奈、もう女優としては波に乗ってるんじゃないの」

「まだまだだよ。どうしても元アイドルって肩書きがついちゃってるから、女優としての基礎がないって思われてるし、わたしの顔ってなんか平均点だから、なかなか憶《おぼ》えて貰えないし」

平均点。こんなに可愛いのに。まったく芸能界ってところは、なんて世界なんだろう。まあしかし、プロ野球も同じか。俺の球だって、草野球の試合で投げたら打てる奴なんかそうそういないはず。どの世界であっても、プロと呼べる人間は突出した存在なのだ。そしてその突出した者が集まっているのが「業界」であり、その中で一流と呼ばれる存在になることは、並大抵のことではない。

麻里奈にしても、俺同様、女優として一流になる為に努力を重ねている。

「朝ドラのヒロインになったら、一気に日本中の人に顔を知られるってことか。……こんなふうにこっそり、俺の部屋に来るなんてこと、できなくなるね」

将太の言葉に、麻里奈は少し表情を曇らせた。

「そのことなんだけどね……事務所からは言われてるの。オーディションに通って朝ドラが決まったら、しばらくの間は恋愛問題はなしにしてね、って」

「恋愛問題は……なし？　俺たち、別れるってこと？」

「まさか」

麻里奈は笑った。

「わたし、別れないもん」

「でも」

「ただね、ぜったいバレないようにしないと、ってこと。この前みたいに、何の関係もない男との噂《うわさ》をたてられたりすることもある世界でしょ、将ちゃんと一緒にいるとこを誰かに見られたら、それだけでも大騒ぎになりそう」

「じゃ、もうここには来られないね」

「ううん、それでね、思いついたんだけど。このマンションに、小林《こばやし》さんが住んでくれたらどうかな、って」

将太は麻里奈の顔を見た。小林、というのは麻里奈のマネージャーの名前だ。三十代の女性で麻里奈とはとても気が合っていると言っていた。

「ここ、駅からも遠くないし、高速の入口にも近いし、便利じゃない？　小林さん、今住んでるマンションが再来月更新なんだけど、駅から遠いのとオートロックじゃないのが不満で、更新するかどうか迷ってるのよ。ここは新築でオートロックで、それに四駆車の駐車もできる。小林さんね、女性だけどオフロードカーが好きで、愛車がランクルなのよ。大型の車が駐車できる駐車場を備えた賃貸マンションって都内では少ないでしょ。ここは条件、ぴったりなんだよね～。マネージャーが住んでるマンションに出入りしてたってアヤシイなんて思われないでしょ。将ちゃんとは、ぜったいに一緒に出入りしないようにして、二人で部屋にいる時はカーテンも忘れず閉めておけば、完璧《かんぺき》だよ」

「でも小林さん、俺たちのこと知ってるの？」

「知ってるよ」

麻里奈はあっさりと認めた。

「話してあるもん」

「じゃ、事務所も」

「ううん、事務所にはまだナイショにしててくれてる。小林さんはわたしの味方だから」

麻里奈は屈託なく笑った。

なんて大胆なことを思いつくんだ。将太は、今さらながら、麻里奈の天真爛漫《てんしんらんまん》かつ大胆で超ポジティブな思考に驚いていた。

3

そんなことしてる場合じゃない。

それはよくわかっていた。恋愛にうつつを抜かしている余裕なんか、俺にはないのだ。

背番号が変わる、大きくなってしまうということは、来季も駄目だったら戦力外もあるよ、ということ。球団の俺に対する評価も期待度も、エースナンバーをつけさせてやれるようなものではなくなった、ということなのだ。

　でも。

　わかっていても、麻里奈は可愛《かわい》い。可愛すぎた。

　もともと、俺にはもったいないような女なのだ。もし俺がプロ野球選手でなかったら、ぜったいにつきあってなんか貰《もら》えなかった、そういう女。その麻里奈が、俺とこっそり逢《あ》いたいから、俺のマンションにマネージャーを住まわせると言う。俺とは決して別れない、と言う。

　俺は、愛されている。

　そう思った途端、顔がにやけるのが自分でもわかった。俺はアホだ。将太は思った。

「将太、自主トレ、どうする？」

　福岡に向かう飛行機の中で、同郷かつ同期入団の椎名《しいな》賢人《けんと》が訊《き》いた。

「今年も高校のグラウンド？」

「まだ決めてない。年内は二軍のグラウンドでやるつもりだけど」

「俺さ、レオパーズの竹内《たけうち》さんから誘われたんだ。グアムの自主トレに参加しないかって」

　椎名は嬉《うれ》しそうに言った。将太は、椎名の頬《ほお》をつねってやりたい衝動に駆られた。羨《うらや》ましかった。

一年十二ヶ月のうち、十二月と一月は、選手としてはオフになる。野球選手は春から秋までの半年間しか働いていないイメージがあるようだが、実際には二月から十一月までの十ヶ月は球団に拘束されていて、その間は球団が指示した通りに練習に参加したり、試合に出たりしなくてはならない。二月一日のキャンプインが、プロ野球選手にとっての元日なのだ。

逆に言えば、十二月と一月の二ヶ月間は、球団の拘束はなくなる。もちろん所属選手としての義務や、守らなければならない規則はあるが、少なくとも、練習をどうするかは選手の自由だ。二ヶ月間、何もせずに遊んでいたとしても、球団がそれを罰することはできない。だがおそらく、二ヶ月遊んでいる選手などは一人もいないだろう。二月一日にキャンプに参加した時点でからだがなまっていたら、キャンプでの厳しい練習にはついていけないし、コーチに遊んでいたことが見抜かれれば、そこまでの選手だと見限られる。ある意味、オフの二ヶ月にどんな練習ができるか、自分のからだをどう造れるかが、次のシーズンの命運を握っていると言っていい。

億の年俸を稼ぐスター選手たちは、年内はシーズン中に傷めたからだのメンテナンスを中心に、治療や筋トレに励み、年が明けると暖かい海外や南国で自主トレを行う。気温が高いほうが筋肉がほぐれて練習しやすいし、怪我《けが》もしにくい。おおよそ三週間ホテルに滞在し、グラウンドを借りて練習する。費用はそれなりにかかる。だが一人で行くと何かと雑用があって不便なので、若い選手に声をかけて何人か連れて行く人も多い。滞在費などはスター選手が出してやり、代わりに練習のパートナーや雑用を若手がこなす、言わば私的な野球塾のようなことをするのである。もちろん、自分の技術や知識をそうした若手に伝授したり、若手の練習をみてやったりもする。参加する若手選手たちからすれば、スター選手の自主トレに同行できるというのは大変なチャンスになる。しかもオフの間は球団の拘束がないので、他のチームの選手も一緒に参加したりする。規模の大きな自主トレグループになると、スター選手が何人も参加したり、野球以外のオリンピック級のアスリートや、プロスポーツの選手が加わったりもする。

レオパーズの竹内慎也《しんや》は二億円プレーヤー、二千本安打まであと百数十本に迫っている大スターだ。まだ年齢は三十五歳、早ければ来シーズン中にも二千本安打の大記録に到達する。自主トレの規模はさほど大きくはないようだが、それでも名だたる有名選手が数人参加する。

「行くの?」

訊かずもがな、のことを訊いて、将太は後悔した。行くに決まっている。

「行きます、って返事したけど、実はちょっとさ」

椎名は頭をかくしぐさをした。

「俺……自信なくて。ついていけるかなあ、って」

「自主トレでそんなにきついことするのかな」

「いや、練習のきつさなんて心配してない。なんたって俺、若いし。ただささ……なんかこう、メンタルな部分でさ。すごい人ばっかり集まる中に入って、話とか何したらいいかわかんないし。俺、バカだろ」

「俺らみんな、バカじゃん」

「そうだけど」

椎名は笑った。

「なんか怖いってゆーか。気後れ？　って言うんだっけ、こういうの」

「でもチャンスだろ。普段なら口きいて貰えそうにない人たちと三週間も一緒にいられるんだから」

「だよね。俺らだっていつトレードされるかわかんないし、他のチームの先輩たちに顔おぼえてもらっといて損なことないもんな」

椎名は明るく笑って、スマートフォンで音楽を聴くのに目を閉じた。


昨日の納会で、今シーズンは終了した。二軍の公式戦のあと、宮崎でのフェニックス・リーグ、さらに秋季キャンプと野球漬けで、ようやく今日からオフシーズンになる。将太は椎名と共に、地元に挨拶《あいさつ》がてら実家に顔を出しに行くところだった。

椎名とは小学生の頃から知り合いだった。学校も所属していた少年野球チームも違っていたが、県大会などでよく顔を合わせていたのだ。共に強豪と呼ばれていた少年野球チームだった。その後、将太は公立の中学に進学、椎名は私立に進んだ。椎名が進学した私立中学の野球部は強かったが、将太が入った公立中学の野球部は弱かった。が、将太は地元のクラブチームに参加して練習を続けていた。そして二人とも、甲子園出場が目指せるほどの、野球強豪高校に入学した。共に野球特待生として。二人は地元福岡では、野球エリート少年だったのだ。

だが、夏の甲子園に出場できるのは、原則として県大会の優勝校のみ。春の選抜大会でも、九州地区代表に同一県から二校が出場できることはまずない。椎名とは、甲子園で戦うことはできない宿命だった。

二年の春に、椎名の高校が選抜大会に出場。テレビ画面に映った椎名の姿に、将太は悔しさのあまり丸めたティッシュをぶつけたが、それでも椎名がヒットを打った時は拍手した。昔から知っている奴なんだ、と誇らしかった。

そして三年の夏、将太の高校が県大会で優勝。椎名の高校は県大会の準々決勝で敗退していた。

二人とも同じドラフトで、同じチームに指名された。将太は一位指名、椎名は四位指名で。

椎名は俊足強肩が売りの外野手で、昨年から一軍に上がることも多くなった。今年は初のサヨナラヒットを打ち、初めてのお立ち台にもあがった。対して将太は、背番号18を剝《はく》奪《だっ》され、今や崖《がけ》っぷちだ。

それがプロ野球だ。入団までの過去にどれだけの実績をあげていようと、指名順位が一位だろうと、プロに入ってから数字を残せなければそれまでだ。

空港で椎名と別れ、地下鉄で実家に向かった。まずは実家に寄って荷物を置いてから出身校への挨拶に行き、今夜は久しぶりに実家に泊まる。将太の実家は福岡の中心部に近い町にあり、昔ながらの店舗兼住宅が並んでいる飲み屋街で、居酒屋を経営していた。開店は夕方六時なので、ようやく昼になろうという今、まだ店の暖簾《のれん》は出ていない。建物の横に狭い路地があり、厨房《ちゅうぼう》に通じる勝手口のドアがある。将太はそのドアに手をかけた。鍵《かぎ》はかかっていなかった。

「ただいま」

ドアを開けると、狭い玄関がある。三和土《たたき》は半畳もなく、サンダルが散らばっていた。あがった正面が店の厨房に通じていて、住居のある二階へは右手にある急な階段をのぼる。厨房に人の気配がなかったので、将太は二階へとあがった。

「ただいま。今帰った」

階段をのぼると、懐かしいダイニングキッチンがある。古びたダイニングテーブルの上には、新聞やら雑誌、お菓子の包みなどが積まれている。数年前、上京する朝に見た光景とほとんど変わっていないようだ、と、帰郷するたびに思う。

「あれ、早かったね」

母が、居間に通じる引き戸を開けて顔を出した。

「夕方になるち、思っちょった」

「納会も終わったけん、西岡《にしおか》先生にはよ挨拶ばしたほうがよかと思ったっちゃん」

「いつまでいられるん」

「日曜には帰る。週明けから自主トレ始めんと」

「慌ただしかねえ。あんた、お昼、食べたとね？」

「まだ」

「ちょっと待っとって。なんか作るけん」

「わざわざ作らんでよか。残りもんないとね？」

「すぐできるよ」

母はエプロンの紐《ひも》を腰に回しながら流しの前に立った。

将太は居間を抜け、短い廊下の先のドアを開いた。中学を卒業するまで暮していた自分の部屋。高校は、野球部の生徒は全員寮生活をする決まりだった。だから十五歳で親もとを離れた。

それでも、寮から自宅まではバスで二十分ほどの距離だったので、野球の練習がない休日には実家に戻って過ごしていた。

この部屋と本当に別れたのは、プロ野球選手として上京した時だ。

掃除はしてあるが、置かれている物はあの当時のまま。入団してからはオフシーズンに数日帰る程度で、それもたいがいは酔っぱらってベッドに寝転がってそのまま寝てしまうので、部屋の中をじっくりと見るのは久しぶりだった。

県大会優勝の時の記念写真が、パネルにして壁にかけてある。日焼けし過ぎて顔が真っ黒だが、歯だけは白くて自分の顔ではないみたいだった。懐かしいチームメイトの顔。同じチームでプロ入りしたのは自分だけだ。あの夏、福岡でいちばん強いチームだったのに、それでもプロ野球選手になれたのは一人だけ。

机の上に置いてあったのは、中学の頃に使っていたグローヴだった。手に取ってみる。古いくたびれた革の感触。

不意に、鼻の奥が痛くなった。あの頃に戻りたい、そう思った。プロ野球選手になることを夢見ていた頃。けれど、想像の中で夢を叶《かな》えた自分は、もっと幸せそうだったはずだ。プロ野球選手になる夢、それは、二軍選手のままで終わる夢なんかじゃない。ニキビ面の中坊の頭の中で、未来の自分はスター選手になり、億の年俸をもらってオールスターで活躍し、メジャー挑戦か、とスポーツ新聞に見出しが躍る、そんな存在だったのだ。

写真の中で高校生の自分がつけている背番号は、1。高校野球のエースナンバー。二年の春にその背番号をもらって以来、三年の夏が終わるまで手放すことはなかった1。

不意に、足下の畳が黒い穴になった気がした。真っ黒な、穴。

このまま終わってしまう。プロ野球選手としての人生が、このまま、花開くこともなく終わってしまう。

「ご飯できたよー」

ドアの向こうから母の声が聞えた。

「冷めんうちに食べない」

ダイニングテーブルの上には、うどんが載っていた。あごだしの香りがする。透明に近いつゆ。具は、大きな丸天が一枚。丸天は薩摩《さつま》揚げを平べったくしたような練り物で、うどんの丼《どんぶり》に蓋《ふた》でもできそうなくらい大きい。上京して、丸天ののったうどんがどうしても食べたくなり、福岡出身のコーチに店を教えて貰い、わざわざ電車を乗り継いで、寮から一時間もかけて食べに行ったことを思い出した。

口に入れるとうどんがふにゃっと切れる。博多のうどんは麺《めん》にコシがなくやわらかい。東京では、讃岐《さぬき》うどんのようにコシがあるうどんがもてはやされているが、将太はやっぱりふにゃっとしたこの麺が好きだ、と思う。そう言うとチームメイトにからかわれるので言わないけれど。

白い飯の上に、明太子を丸ごと一本のせたものがテーブルに置かれた。将太の好みに合わせて、表面だけ軽くあぶってある。

「おきゅうともあるよ。食べる?」

「朝飯やないとよ」

「かまわんやろう。将太、好物やろうもん」

子供の頃、おきゅうとが海藻だとは知らず、野菜だと信じていた。学校で同級生の誰かがいい加減なことを教えたのだ。畑で採れて、皮を剝《む》くとあの、ぷるんとした平たい寒天のような部分が出て来るのだと。海藻のエゴノリで作るのだと知ったのは、あの頃まだ生きていた祖母が、手作りするのを見た時だった。

平たい、薄い飴色《あめいろ》をした、きしめんくらいの太さのおきゅうとに、たっぷりかつお節と刻みネギをのせて、醬油《しょうゆ》をかけて食べるのが我が家風だ。

故郷の味が口の中に広がる。

旨《うま》い。

東京にも博多料理の店はたくさんあるが、実家で食べる丸天うどんや明太子や、おきゅうとに勝る味はない。


「かあちゃん」

「なんね」

「……背番号、変わる」

「背番号？　あんたのは18やったね。何番になるんね」

「65」

「65。増えたねぇ」

母は笑った。

「番号の太かほうが得した気分やね」

母は野球には詳しい。背番号が大きくなることが何を意味するのかは、知っている。それでも母は、笑顔のままだった。

「よか番号たい」

　将太は言った。

「中継ぎエースの、西村先輩の番号やから」

「大事にせなね」

「うん」

　将太はうどんの汁を飲み干した。

「かあちゃん、筒井麻里奈っち、しっとーと？」

「だれ」

「筒井麻里奈。女優」

「女優しゃん。何に出とーと？」

「ドラマとか映画」

「名前はわからんけん、顔ば見たら知っとるかも。そん人がどげんかしたと？」

　つきあってるんだ。恋人なんだ。

　将太は言葉を呑《の》み込んだ。背番号が大きくなってしまったと報告した今、恋愛どころじゃないだろう。

「いや……なんでもない」

　将太は立ち上がった。

「学校行って、挨拶してくるわ」

＊

故郷での三日間は瞬く間に過ぎた。

甲子園出場時の野球部監督だった西岡幸治《こうじ》は、監督を退任後も野球部顧問を務めていて、将太の帰郷を待っていてくれた。その西岡に、背番号が変わることを話しているうちに不覚にも涙が出た。西岡は将太を馴染《なじ》みのバーに連れて行き、二人で深夜まで飲んだ。自主トレを福岡でするのなら、野球部のグラウンドを使っていいとも言ってもらえた。昨年も一月に二週間、母校のグラウンドで練習した。野球部の後輩たちがキャッチボールの相手をしてくれた。

年内は二軍の球場で自主トレができるのだが、年が明けるとすぐ新人合同練習が始まるので、邪魔にならないように気をつかうのが嫌だった。一月も後半になれば、各地で自主トレをしていた選手たちも戻って来て、練習相手にも困らなくなる。それまで、また母校で練習するしかないだろう。

帰郷二日目は、中学時代の同級生たちと飲んだ。驚いたことに、もう結婚して子供までいる奴がいた。

帰郷三日目、店を手伝った。皿を洗うくらいしかできないが、それでも将太が店にいると常連客たちが喜ぶ。甲子園に出てプロ野球選手になった、というだけで、将太は地元の人気者だった。将太の父は数年前の脳梗塞《のうこうそく》の後遺症で、左手が少し不自由になっている。もともと左利きなので包丁が握れなくなり、店ではもっぱらおでんの鍋《なべ》を見張るようになった。将太が店にいる間、父も母も上機嫌だった。背番号が変わったことを告げても、父は何も言わなかった。ただ、契約更改終わって良かったな、とだけ言ってくれた。

三日間、将太は故郷の温かく懐かしい空気に身を委《ゆだ》ねた。そして、東京に戻った。

冷えきった部屋に入り、オイルヒーターのスイッチを入れる。空港で買って来た空弁が、今夜の夕飯だ。湯を沸かし、フリーズドライの味噌汁《みそしる》を作った。弁当を半分ほど食べたところでスマホが鳴り出した。

「将太？」

チームメイトの真鍋《まなべ》捕手だった。二年先輩で、大卒なので六歳年上。将太のことを可愛がってくれ、何かと気にかけてくれる。

「あ、はい」

「明日から出る？」

「行きます」

「どっち」

将太は思わず苦笑いした。

「二軍グラウンドですよ、もちろん」

一軍の練習場などでウロウロする度胸はない。

「俺も行くわ。キャチボ、相手してな」

「俺でいいんですか」

「変な言い方すんなよ。俺、早起き苦手だからな、向こうに十時くらいだけどいいか」

真鍋が明るく言った。将太は、真鍋が電話を切る前に言った。

「あの、俺」

「うん？」

「俺……真鍋さんたちの自主トレ、参加できませんか」

衝動的に出た言葉だった。漠然と考えたことはあったけれど、誘われてもいないのに自分から言い出す勇気がなかったのだ。

真鍋は、大学の先輩で他チームのスター選手である斎藤保《さいとうたもつ》と共に四国で自主トレをしている。参加者は数人で、投手が多い。

「斎藤さんとこに参加したいのか、将太」

「……俺」

将太はスマホを持つ手に力をこめた。

「背番号大きくなって、もう後がないんです。何かしないと、このまま終わっちゃう。終わりたくないんです。田舎帰って、お袋も親父《おやじ》も近所の人も、母校の恩師もみんな優しくしてくれて、俺のこと大事に思ってくれてて……失望させたくないんです。がっかりさせたくない。このまま終わっちゃったら俺、みんなをがっかりさせちゃいます。変わらないと……俺、変わらないといけないって。誘われてもいないのに図々しくこんなこと言ってすみません。けど、きっかけにしたいんです。変わるきっかけに」

二、三秒の沈黙が、将太にはとてつもなく長く感じた。やがて真鍋の声が聞えて来た。

「わかった。俺から斎藤さんに頼んでみる。でもな、俺ら、斎藤さんが費用持つって言ってくれてるの、毎年断って自腹で参加してるんだ。だから若手でも費用は」

「出します！　もちろん出します、出させてください！」

「そうか。なら、二、三日待ってくれるか。斎藤さん、年内は家族サービス中心で旅行とかするから、すぐ連絡とれるかどうかわからないんだ。ま、外国に行くわけじゃないから、斎藤さんがＯＫしてくれたら問題ないと思う」

「ありがとうございます！」

「うん、じゃ明日」

弁当はまだ残っていたが、興奮し過ぎて食欲がなくなった。斎藤保、沢村賞二回、最多勝利投手賞二回、プロ通算百七十六勝。あと二季あれば二百勝に到達できるだろう。押しも押されもしない大エースだ。もちろん、口もきいたことがない。雲の上の人。

そんな人と自主トレができるかもしれない。

将太は弁当の残りを冷蔵庫に入れ、録画してあった今年の日本シリーズの映像を再生した。斎藤保は第二戦と第六戦に先発、第二戦は七回二失点で勝利投手。第六戦は五回三失点で、同点のチャンスにまわって来た打席に代打が出されて降板、勝ち負けはつかず。三振は二試合合計で十一。

斎藤の武器は高速スライダーだ。気味が悪いくらいに曲がるスライダー。

将太は、画面の中で躍動する斎藤の姿に夢中で見入った。こんなふうになれたら。こんな球が投げられたら。

俺の人生は変わるのに。


チャイムが鳴っているのに気づくのが遅れた。せっかちに何度も鳴らされているが、オートロックのマンションエントランスで鳴らしているのではない、音が違う。部屋のドアチャイムだ。

モニターを見た。

……麻里奈！

慌てて玄関に向かい、ドアを開けた。

「将ちゃん、お帰りなさーい」

麻里奈が飛びついて来て、将太の首に白い腕をまわした。

薔薇《ばら》の花のような香りがする、と、将太は思った。

4

ベッドだけは大きいのを買っておいて良かった。

寮のベッドはシングルサイズで、寝返りをうつと手がはみ出した。引っ越しした時、贅《ぜい》沢《たく》かなとは思ったけれど、セミダブルにした。麻里奈は小さい。体重は四十四、五キロだろうか、身長もたいしてない。モデルには小さ過ぎるけれど、アイドルから女優、という路線ならば身長が低いのは欠点ではないらしい。

眠っている顔は本当に可愛《かわい》い。化粧をしたままだと肌が荒れるから、と、ベッドインの前にしっかりメイクを落とし、つるつるの素顔になっていた。カーテンの隙間《すきま》から差し込む細い朝日に、その麻里奈の寝顔が線状に照らされている。

将太は、溜《た》め息《いき》をついてベッドから起き上がった。


こんなことをしてていいのかな。

麻里奈は思いついたことをすぐに行動に移す。マネージャーはすでに引っ越し手続きを済ませている。

麻里奈と半同棲《はんどうせい》のような生活をおくる。まるで夢のようだ。夢のように楽しいけれど、夢のように不安になる。背番号18にふさわしいスター選手ならば、元アイドルで人気上昇中の女優と交際していても世間は認めてくれる。けれど今の自分には、そんな価値はない。背番号65。うちのチームでは中継ぎエースのつけていた番号で悪い印象はないとはいえ、エースの背番号ではない。球団が将太に期待する位置も、すでに変わったということだ。先発で十五勝することはもう、期待されてはいないのだ。中継ぎ投手として、なんとか一軍に上がる。それが今の将太にとっての、現実的な目標だ。

麻里奈は無邪気だ。そこがたまらなく愛《いと》しいけれど、その無邪気さにヒヤッとすることが時々ある。麻里奈は自分に自信を持っていて、何があっても自分でなんとかできると信じている。それが麻里奈の強さなのだ。そして将太には、そこまで自分に自信を持つことは、もうできない。プロ野球選手になってこれまでの四年間、自分なりに努力はしたつもりだ。練習の鬼とまではいかないけれど、生活のほとんどを野球に捧《ささ》げて来たという自負はある。自分とおない歳《どし》の連中が楽しく遊んでいる最中でも、起きてから寝るまで何かしら野球にかかわることをして、からだも動かして来た。そんなのプロだから当たり前だろ、と言われたらそれまでだが、当たり前であってもなくても、さぼりたい日はあったし、肉体的にしんどい時もあったのだ。だがそれでも、背番号18を守り通すことはできなかった。

それが現実。

チャイムが鳴った。外玄関ではなく、ドアチャイムだ。モニターに映った顔を見て、将太は慌てた。麻里奈のマネージャーの、小林さん、だった。

「おはようございます」

ドアを開けるなり、小林さんのきびきびした声が耳に響いた。小林何子か何美か、下の名前は知らない。

「お、おはようございます……」

「まだ寝てますよね？　麻里奈」

「あ、はい」

小林は腕時計を見た。

「ドラマの撮影で千葉まで連れて行かないとならないんです。でもまだ、そうね、十五分は余裕があります。ちょっとお話、いいですか？」

「あ、あの、俺、いやぼく、にですか」

「ええ」

小林はうなずいて、さっさと靴を脱いだ。

「あなたに」


寝室のドアは閉まっているが、隣りのリビングでは会話が麻里奈の耳に入りそうだったので、ダイニングキッチンで話すことにした。とりあえず冷蔵庫から麦茶を出してコップに注《つ》ぐ。小林は丁寧に頭をさげてから、一気に飲み干した。

「あの、えっと……もう引っ越されたんですか」

「いえ、この週末に引っ越します」

そう言えばそんなことを麻里奈も言っていたな。

「ここ、スーパーとか近くにないですよ。不便じゃないですか。コンビニはあるけど……」

「ええ、知ってます。不規則な生活で、買い物はコンビニ中心になってしまうのでありがたいです」

「……なんかその……俺たち、あ、ぼくたちのためにすみませんでした」

「誤解のないように言っておきますけど、転居自体は麻里奈とあなたの為、というわけでもないんです。今住んでいるマンション、来月更新で、更新しようかどうか迷ってました。六年も暮して気に入ってはいたんですが、わたしが麻里奈のマネージャーをしていることがマンション内にバレちゃったんですよね。たまたま麻里奈のファンが同じマンションに住んでたみたいで、いつ撮ったのかわたしの顔写真がTwitterに流れたんです。仕方ないですよね、撮影でも取材でも同行しているので、熱心なファンならばわたしがマネージャーだと気づきますから。で、エレベーターの中で話しかけられて、麻里奈のことを訊《き》かれたりするのが鬱陶《うっとう》しくなってしまって。そんな時に麻里奈から、あなたと同じマンションに引っ越してほしいと頼まれたんです。で、このマンションについていろいろ調べて、家賃も手頃だし、ワゴン車が置ける駐車場があるので決めました」

「あ、そうだったんですか。なら良かった」

「良かった、とも言えませんね」

小林は、ニコリともせずに言った。

「あなたと麻里奈が交際していることを知っていて、なおかつここがあなたの住むマンションだということも知っている。その上でここに引っ越した。そんなことが事務所にバレたら、間違いなくクビです」

「クビ、ですか」

「クビ、です」

小林は、空になったグラスに視線を落とす。将太は慌てて、もう一杯麦茶をグラスに注いだ。小林はそれもぐいと飲み干した。

「それは覚悟しています。麻里奈はわたしを庇《かば》ってくれると思いますが、それでも解雇されるだけのことはしているわけですから」

「いいんですか、それで」

「いいわけはありません。でも、こういう仕事をしていれば、タレントと事務所の間に挟まってしまうこともあるわけです。わたしは麻里奈という女性が好きですし、タレントとして尊敬できる人だと思っています。なので、この件に関しては最後まで麻里奈の味方でいよう、と、覚悟は決めました。わたしもこの業界で十五年以上仕事して来て、それなりにコネも作ってあります。今の事務所をクビになったとしても、再就職はできるでしょう。それに、事実上はクビでも、事務所としてはわたしをクビにしたなんてことは表沙汰《おもてざた》にはできないんです。麻里奈のことで何かトラブルがあったと噂《うわさ》が流れますからね。ですから表向きは円満退社、退職金も多少はいただけると思っています」

　なんて冷静かつ、しっかりした人なんだ、小林さん。

「いずれにしても、麻里奈はもうアイドルではありませんから、恋愛は禁止というわけではありません。あなたとのことも、お互いに本気できちんと結婚するということでしたら、事務所も認めてくれるかもしれません。ですが、三十歳になるまでは独身でいてもらいたい、というのが事務所の本音です。麻里奈は今やっと、女優として認められてきたところなんです。これからいい役がまわって来る。当然、恋愛ものが中心になるはずです。独身ならば、共演者の男優と噂になったりしても世間からは祝福して貰《もら》えます。好感度も下がりません。けれど既婚者では、不倫は致命的になりかねません。恋の噂、が宣伝的に使えないという点で、既婚女優は不利なんです」

　はあ、と聞いているしかなく、将太はうなだれた。

「それでも、わたしは麻里奈の結婚に反対ではありません。結婚することで一時的には仕事が減る可能性もありますけど、そんなことで潰《つぶ》れてしまうような女優ではないんです、麻里奈は。彼女の演技力は一つ仕事をこなすごとに驚くほど高くなっています。初めの頃《ころ》のつたない演技の印象が強くて、まだまだ世間的には下手な女優と思われていますが、現場での空気は明らかに変わって来ています。麻里奈はああ見えて、ものすごく頑張り屋で努力家なんです。彼女が女優という仕事に対してどれほど真剣か、あなたは理解していらっしゃいますか」

「……女優って仕事が好きなんだ、というのはわかってるつもりです」

「恋愛は女優を変えます。必ずしもいいほうに変わる人ばかりではありませんけど、麻里奈の場合は、あなたに恋をしてからどんどん綺麗《きれい》になっています。ですから今度のことも、麻里奈の我儘《わがまま》をきいてあげることにしたんです。クビになるリスクを負ってでも、麻里奈にいい恋愛をしていて貰いたいからです。ですが、わたしがここに引っ越して来て、麻里奈がこのマンションに出入りすることをカモフラージュするだけでは、いい恋愛にはなりません。わたしは、あなたの覚悟をうかがいたいんです。麻里奈とのことは、遊びや気まぐれではありませんよね？」

「……彼女のことは、本気で好きです」

「でも、今のあなたの状況は、麻里奈と結婚できるようなものではない、ですよね？　ごめんなさい、プロ野球のことに詳しいわけではないですが、少なくとも麻里奈と結婚するのであれば、一軍の試合に出られる選手であって欲しいと思うのは、間違ってはいないですよね？」

　将太はうなずいた。

「単に収入の問題だけではなく、あなた自身としても、今の状態では麻里奈と結婚するのは無理、ですよね？」

　将太はまたうなずいて、さらにうなだれた。小林は、ふん、と鼻を鳴らした。

「選択肢は二つしかないと思います。あなたのほうから麻里奈に別れを告げていただくか、それとも、麻里奈と結婚できる状況になっていただくか。今すぐに、とは言いません。でも麻里奈は嘘《うそ》が上手ではありませんから、このままだと近いうちには、事務所や世間にあなたと麻里奈の交際がバレると思います。時間的猶予はさほどないと思います。来シーズンには、一軍の試合に出られる選手になっていただけますか」

「……そうなりたいです」

「来シーズンにそれが叶《かな》わなかった時も選択肢は二つです。麻里奈と別れるか、麻里奈と結婚できる状態になるか。プロ野球でだめなら、別の仕事に就いていただくしかないと思います。その覚悟がおありになるかどうか」

「引退しろ、ってことですか」

「麻里奈と結婚したいのであれば、です。来シーズンも一軍の選手になれなかった場合、あなたが野球を続けるのであれば、麻里奈とは別れてください。もちろんこれはわたしからのお願いです。あなたがそれを聞き届ける義務はありません。でも、麻里奈の人生を大切に考えるのであれば、わたしがこんなことをお願いすることも理解していただけると思います。あ、時間ですね。お手数ですが、麻里奈を起こしていただけませんか。一度麻里奈のマンションに寄って、シャワーと朝食を済ませてから現場に向かいますので」

言いたい放題に言われても、将太は反論することができなかった。何もかも、小林の言う通りなのだ。小林は、麻里奈と将太とが恋愛をしていること自体は認めてくれた。女優としての麻里奈にとっても、プラスになる可能性があるからと。が、そのことと、かろうじて首の皮一枚でつながって、来年もとりあえずはプロ野球選手でいられることになった程度の将太と、女優として頭角をあらわしつつある麻里奈とが結婚することとは問題が別だ、と言ったのだ。入団した時の契約金は手つかずで貯金してあるとはいえ、来年もいい結果が出なければ、その先将太には収入のあてがなくなるのだ。プロ野球選手に退職金はないし、希望するだけの年収が得られる職場に再就職できる保証もない。将太の年齢ならば何かしらの職には就けるだろうが、女優である麻里奈に不自由させない経済的ゆとりなど、おそらくないだろう。かと言って、専業主夫となって麻里奈を支えていく自信などまったくない。家事と呼べるもので何とかできるのは洗濯くらい、掃除もルンバに任せっぱなし、ゴミ捨てすら忘れて出せないこともあるほどだ。料理なんて、目玉焼きもまともに作れない。

俺と結婚しても、麻里奈にとっていいことなんかひとつもない。

将太は、麻里奈の残り香がほんのりと漂っているベッドに寝転がって自虐的に思う。

しかも、麻里奈は、結婚を前提としない恋愛を祝福される立場にいない。小林が釘《くぎ》をさしたのはその為《ため》だ。将太との交際が万が一世間にバレたとしても、結婚を前提としています、と言えればいい。が、それが言えなければ、恋愛ではなくスキャンダルになってしまうのだ。

交際を続けたいなら結婚を前提にしなさい。それが前提にできないのなら別れなさい。

小林の忠告はとてもシンプルだ。

諦《あきら》めるしかないのか。将太の腕に、麻里奈の柔らかな髪の感触がまだ残っている。掌《てのひら》には、小さいけれどとても形のいい、張りのある乳房の触感も生々しく甦《よみがえ》る。少し舌足らずな喋《しゃべ》りかた、ほんの少しだけハスキーな声。大きな目と長い睫《まつ》毛《げ》。

すべて、手放すしかないのか。

情けなさと口惜《くや》しさで、不覚にも涙をこぼしてしまった。別れたくない。別れるなんて考えられない。

麻里奈と一緒にいたい。一緒に、ずっといたい。

将太はトレーニングウエアに着替えると外に飛び出した。そのまま走る。走る、走る、走る。

投手は、とにかく走り込む。球を投げていない時はほとんど走っている。走ることでしかスタミナはつかないし、下半身も強くならない。ひたすら走り込んでいると、雑念が頭から消えて気分があがって来る。ランナーズ・ハイ、というやつかもしれない。けれどその日の将太は、いくら走ってもハイになることができなかった。

ふと気づくと、見覚えのある光景が広がっていた。一軍のホーム球場がある都内の運動公園の外周道だった。自宅マンションからは十キロほどの距離がある。

前方に球場の照明灯が見えている。シーズンオフでも学生野球の大会が行われる球場なので、午前中から球場に向かう人の列ができていた。

ドラフトで指名され、契約が済んで入団会見をした時のことが思い出された。あの日、この道をタクシーに乗って走った。ホテルに迎えに来てくれた球団職員と共に後部座席に座り、入寮までのスケジュール表を手渡された。メディカル・チェックや、新人プロ野球選手の合同研修、球団でのプロ生活に関するレクチャーなど、想像していたよりもたくさんのことをしなくてはならなかった。目を丸くしている将太に、スーツ姿の球団職員、編成部の人が笑顔で、照明灯を指さして言った。

「高校を出たばかりで入るには厳しい世界だと思うけど、君なら大丈夫。ほら、ナイターの時はあそこが明るくなるんだよ、想像してみて。カクテル光線に照らされたマウンドで、君は主役になる。最高の気分だよ、きっと。そして一生分の貯金ができるくらいの年俸が稼げる選手に、君ならなれる。君は夢の階段を今日、一段上るんだ。君が羨《うらや》ましいよ。僕も大昔は選手だった。入団会見の日のことは、今でもよく憶《おぼ》えてる。誇らしくてワクワクして、幸せだった。もう一度人生をやり直せるとしても、僕はまた、今日の君のように入団会見の日を経験したいよ」

カクテル光線に照らされたマウンドは、しかし、夢へのステップにはならなかった。

将太は知らずに道をそれ、球場から遠ざかる方向へと走っていた。


「君！」

不意に背後から声がかかった。自分が呼ばれたのだとは思わず、だが周囲には他に人もいないのに、と怪訝《けげん》に思いながらも振り返らなかった。

「道長くんじゃないかな」

「えっ」

驚いて立ち止まると、誰かが背中にのしかかるようにぶつかって来た。

「あ、ごめんごめん」

前にのめって転びそうになったところを、誰かの腕が伸びて来て抱きかかえた。

「急に止まるから……いや、俺が悪いな。驚かせて」

「あ、あなたは」

咄嗟《とっさ》に名前が出て来ない。あまりにもよく知っている、だが面識のない人だった。テレビでいつも顔を見ている。野球解説者の。

「……桜木《さくらぎ》……さん」

桜木浩一《こういち》が、笑顔でうなずいた。

「自主トレ？」

「あ、いえその、今日はちょっと走ってるだけです」

「そうか。じゃあ、まあもう少し走ろう。つきあってくれるかい」

「あ、はい」

桜木浩一は、軽快な足取りで先に行く。すでに十キロ近く走っていた将太はいくらか息が辛《つら》くなっていたが、おそらく五十歳を越えている桜木においていかれるのも恥ずかしいので、懸命にあとを追った。

公園の外周道を三周して、桜木はようやくクールダウンに入った。

「歳には勝てないよ。今日は七周で膝《ひざ》に来た」

外周はおよそ一キロ半、五十代でこの走りは、さすがだ、と思う。

クールダウンにゆっくりと半周すると、噴水を囲むようにしてベンチが並んでいる広場で止まった。自然とベンチに足が向き、将太は桜木と並んで座った。

「とにかく運動不足になりがちでね。ジムにも通ってはいるんだけど、やっぱ俺たち投げる奴等は、走らないと物足りないよな」

「は、はい」

「あれ、君、手ぶら？」

急にその気になって部屋を飛び出したので、いつもは持参する飲料水を持っていなかった。首にタオルを一枚、ぶらさげているだけだ。

「あ、あの、つい忘れて出ちゃって」

「よくないな。体力に自信があるのかもしれないが、水分を持たずにランニングしたらだめだ。冬だから熱中症にはならないと軽く考えてると、脱水症状で救急車に乗ることになるぞ」

「はい」

「これ、飲みなさい。二本持ってるから」

　桜木はベンチの下からスポーツバッグを引っ張り出し、中からペットボトルを取り出して将太に手渡した。貴重品は入れていないのだろうが、こんなところに荷物を置きっぱなしにしてしまう桜木の、おおらかというか、大雑把な性格が、なんだか嬉《うれ》しかった。大先輩の有名人とこんな形で二人きりになって、どうしていいかわからなかった戸惑いが、いくらかほぐされた気がした。

「調子はどう？」

「……体調は悪くないです」

「宮崎のフェニックス・リーグには行ってたね。俺も取材で何試合か観《み》たけど、道長くんが投げた試合は観てなかったな」

「宮崎では、まあまあだったと思います。四試合、中継ぎで出て、一失点でした」

「来季も中継ぎでやることになりそうなの？」

「……まだわかりません」

「怪我《けが》は」

「大丈夫です。治ってます。ただ……背番号、大きくなります」

　桜木は少しの間、黙って空を見ていた。将太も空を見上げてみたが、冬のたよりない太陽が薄い雲で覆われて、青空は見えなかった。

「君はドラ一だったね」

「……はい」

「背番号は……18？」

「そうです」

「君のこと、沖縄のキャンプ取材で初めて観た。その前にドラフトの目玉選手の取材で映像は観ていたけど、生で投げるのを観るのはその時が初めてだった。いいストレートだなと思ったよ。さすがにドラ一だけある、ってね。ただ、怪我をし易いフォームだな、とも思ったんだ。で、あの時の投手コーチだった荒本《あらもと》さんにもそのことを話した。荒本さんもそれを心配してて、肩に負担のかからないフォームを考えたいと言っていた」

「……やっちゃったのは、肘《ひじ》でした」

「腱《けん》だっけ」

「はい」

「腱は仕方ない。あれは運もある。俺は幸い、腱はなんとか引退までもった。肩は大丈夫なの？」

「一年目に、肩を痛めない投げ方に変えました」

「荒本さん、ちゃんとそこは押さえてくれたんだな。あの人は素晴らしいコーチだった」

「はい。……でも恩返しできなかったです。一年目に肘、復帰して調子があがりかけたとこで手の甲を骨折しました。デッドボールでした」

「不注意だな」

　桜木は、少し険しい表情になった。

「よけられない球ってのはある。どんなに注意していても当てられることはある。でも君は投手だ。ヒットを打つ必要はないんだ。当てられないように構えるのも投手の仕事だよ」

「……はい」

「まあしかし、ツイてなかったのも確かだ。君の資質が否定されたわけじゃない。だから契約も更改して貰えた。背番号なんて、何番だろうと、クビよりはましだ」

　桜木は笑った。

「18か。いいなあ、俺はドラ四で入って、背番号は47。君と同じ左なのに、18はとうとう背負えなかった。たとえ四年でも、18がつけられて良かったじゃないか。って他人事《ひとごと》だから気楽に言えるが、そりゃ悔しいよな。情けないよな」

　将太はうつむいたまま、うなずいた。

「……悔しいです。正直、めっちゃ悔しいです……。背番号なんてどうでもいいじゃないか、来年も野球ができるんだから、そう自分に言い聞かせても、やっぱ……何より、18番を背負わせてくれた球団の期待に応《こた》えられなかった、そのことが悔しくて情けないです。俺……ぼく、好きな人がいるんです。結婚したいと思っています。でもこのままでは無理です。来季はなんとしてでも一軍にあがって、投げて、それなりの成績を残さないと……

その人とは結婚、できないんです」

「事情はわからないが、その女性のことが本当に好きで結婚したいなら、頑張るしかないよな」

「はい。わかってるんです。でもなんて言うか……自信が……怖いんです。また怪我したり何かあって、思い通りにいかなくて、来年の今ごろは戦力外になってるんじゃないか、そんなこと思うと……不安で」

「不安、か」

桜木はまた空を見上げた。

「そりゃ不安だよなあ。プロ野球選手なんて、野球をとりあげられたら何もできない連中の集まりだ。俺もそうだった。勉強もろくにしないで、まともな受験すらしたことがない。高卒の資格しか持ってないし、英検も四級だからな、息子にもそんなこと言えやしない。親馬鹿だが息子は俺に似ず勉強ができて、中三で英検準二級とかいうのに受かったんだよ。女房は喜んでたけど、俺はちょっと複雑だったなぁ」

桜木は豪快に笑った。

「野球だけやってれば入れてくれる中学も高校もあったし、卒業前にドラフトで入団が決まってたから就職活動なんかとも無縁だった。野球だけやってりゃいい、それだけで俺の人生はなんとかなる、そう思ってた。君も似たようなもんだろ？」

「……はい」

「頭ではわかっていたんだけどな、プロ野球選手なんて、めいっぱい頑張っても四十歳までやれる奴は少ない、クビにならずに続けられたとしても、せいぜい三十六、七歳で終わりなんだって。でも若い頃の俺は、自分だけは特別なんだ、と心のどこかで思ってた。と言うか、考えないようにしていた。先のことなんか考えたって仕方ない、今はとにかく野球やるしかないんだ、って。それが間違っていたとは今でも思ってないよ。若いうちから引退後のことばっか心配してたら、ろくな成績は残せないで終わっただろう。まがりなりにも俺は、そこそこの数字を残して引退できた。俺は金にはだらしなくて好きなだけ遣ってたつもりだったが、女房のほうが上手でね、ちゃんと引退して無職になっても当面は困らないくらいは、貯金しといてくれた。引退後はコーチなんかもやったけど、運良くテレビの仕事につかって貰って、いつのまにか解説者って仕事も板についてた。ぶっちゃけ、俺の今の収入は、引退前と同じくらいあるんだ。俺はこの先もなんとなく野球にかかわって生きていくことになるだろうな。で、年金が貰える年になったらさっさと引退して、好きな釣り三昧《ざんまい》して暮したい。長生きなんかしなくていい、女房よりは早く死にたい。まあそんなとこが俺の人生だ。結局俺は、野球のおかげで食っていけてる。こうやってざっくりまとめたら、俺は運がいいよな。どうだ、羨ましいだろ？」

「羨ましいです」

「だよな」

桜木はまた笑った。

「でもな、これは表向きの俺の人生だ。ざっくりまとめる時はわざと省いてる、俺のもう一つの人生の話、聞きたいか？　君が聞いてくれるなら特別に話すよ」

「聞きたいです。お願いします」

「そうか。なら話そう。けど、これは公表してないことだし、君も聞いたことは忘れて、誰にも話さないでくれ。約束して貰えるか？」

「約束します」

「うん」

桜木は、腕組みし、真っすぐに前を見つめた。

「俺も君と同じで、女に惚《ほ》れて結婚した。今の女房じゃない、前の女房だ。結婚した時俺は二十二、今の君と同じくらいだな。世間的にはまだ結婚するには早いと言われる歳かもしれないが、野球選手は早く結婚したほうがいい、なんて周囲も言うし、なにしろデキちゃったんでな」

桜木は困ったように笑った。

「デキた、と聞かされた時はびっくりしたけど、無性に嬉しくてさ。で、すぐに入籍した。妻になった女性は、行き付けの店のキャバ嬢だよ。球団が発表して新聞に載った時は、お決まりの家事手伝いになってたけど。二つ年上で、美人で明るくて。水商売の女につかまりやがって、なんて陰口も叩《たた》かれたけど、俺は彼女が好きだったし、俺たちは幸せだった。その頃俺は、ようやく一軍選手としてローテの六番目くらいになってて、年俸も四千万くらいあったからな、彼女の希望で代々木公園に歩いて行けるとこのマンションに住んで、ま、人生絶頂、みたいな感じだった。そして待望の子供が産まれた……と言えたら良かったんだが、死産だった」

将太はごくっと唾《つば》を呑《の》み込んだ。桜木の口調はあくまで静かだった。

「しかも産後が悪くて、妻は二ヶ月近くも入院してた。退院してからも、いつまでもクヨクヨしてて立ち直らなかった。俺はなんとかして彼女を元の明るい女性にしてやりたくて、思いつく限りのことをした。シーズン中でも休日のたびに日帰りであちこち連れて行ったし、妻の昔の友達を呼んでホームパーティも開いた。妻が喜びそうなことならなんでもしたよ。妻が好きだったブランドの服を山ほど買ってやったり、妻が昔からファンだったバンドのライヴに出かけたりもした。そんな甲斐《かい》あってか、一時はかなり回復して、笑顔も出るようになってたんだ。でもそれもほんの束《つか》の間《ま》のことだった。何がきっかけだったのかもう忘れたけど、たぶん試合で打たれて俺もくたびれてたんだろうな、些細《ささい》なことで妻と口論になって、その時初めて、妻が異様な行動に出た。それまで抑えていたものが爆発しちゃったのかもしれない。妻は、聞いたこともないような汚い言葉を口にして俺を罵《のの》り、人格が変わったのかと思うほど激昂《げきこう》した。暴れて俺を殴った。俺は怖くなって、思わず彼女の頬《ほお》を平手で叩いてしまったんだ」

桜木は、はあ、と溜め息をついた。

「彼女はおとなしくなった。静かになって、静かに俺を睨《にら》みつけていた。あの時の彼女の顔を、俺はたぶん死ぬまで忘れない。それから、彼女の状態はどんどん悪くなってしまった。無気力になり、掃除も洗濯も何もしなくなった。医者に連れてったら鬱《うつ》病だと診断されたよ。俺は途方に暮れた。ナイターが終わって家に戻っても、部屋にはあかりひとつついてない。彼女はソファに座ったまま、真っ暗闇《くらやみ》の中でぽつんと一人でいるんだ。俺が用意してやらないと飯もろくに食わない。疲れてくたくたでも、俺は買って帰った弁当を広げて妻と食った。起きると自分で洗濯して、妻の分の昼飯も用意して出かけた。妻の実家は両親が離婚してて、しかもどっちも再婚してるんだ。だから妻を実家に預かってもらうこともできなかった。彼女は彼女で苦しんでいたんだと思うよ。病院を何度も換えて、いろんな療法も試してた。けど、少し良くなったかと思うと悪化し、それの繰り返しだった。それでも俺は、他に稼ぐ方法がないから野球選手を続けた。マウンドに立ち、投げ、ファンの声援にこたえた。そして家に帰ると、掃除して洗濯して妻に食べさせて……正直に言えば、彼女が憎いと思うこともあった。二人で死ぬことも考えた。ある日、名古屋遠征が終わって家に戻ったら、妻がリビングの床に倒れてた。救急車を呼んで入院した。脱水と栄養失調だと言われたよ。六連戦の遠征の間、妻は水も飲まずに座ってたんだ。その時は、真面目に妻を殺して自分も死にたいと思った」

「……桜木さん……」

「まあ聞け。その入院した病院で、妻はただの鬱病ではないかもしれないと言われたんだ。で、紹介された精神科で診断が出た。統合失調症だった。妻はだいぶ前から幻覚を見てたんだ。でも俺は、妻がわけのわからないことを言っても無視してた。俺には医学的な知識なんかなかったから、そういうのも鬱病の症状だろうと思ってたんだ。でも新しい病名がついたことで、むしろ俺はホッとしたんだ。ちゃんと治療すればきっと治る、そう思った。離婚はまったく考えなかったよ。俺はそれでもまだ彼女が好きで、惚れてたんだ。……七年。七年間、彼女と俺は、彼女の病気と闘った。彼女は頑張ったよ。そして俺も、よくやったと思うよ。球団には知らせてあったけど、チームメイトには話せなかった。表向きの俺の人生は、さっき君が羨ましいと言ってくれた人生だ。でもその裏で、俺はもう一つの人生を生きた。彼女と二人で、果てしない絶望的なあがきの中で抱き合って、泣きながら過ごす人生だ。最期は呆気《あっけ》なかったよ。暴れて自傷行為を繰り返した彼女を入院させて、俺は遠征に出た。広島での試合の翌日、帰りの新幹線の中で、病院からの連絡を貰ったんだ。……彼女は眠るように死んでたらしい。夜の間に心臓が停《と》まったんだ。そのひと月くらい前から食事をあまりとらなくなって、不眠も続いてて、体力の限界が来たんだろうな。……今の妻と出逢《であ》ったのはその三年後だ」

桜木は、両腕をあげてのびをした。

「背番号がいくつかなんて、たいしたことじゃない。そんなことは人生において、どうでもいいことなんだ。俺はそう思う。野球選手であるかどうかすら、ほんとはたいしたことじゃないんだよ。人生に何が起こるかなんて、誰にわかる？　君は今でも俺のこと、羨ましいと思うか？　俺と人生を交換したいか？　俺は断る。ぜったいに交換なんかしてやらない。彼女との壮絶な日々も含めて、俺は自分の人生を大切に思ってる。君は、君の人生が大事か？　君の人生には、背番号が18かどうかより大事なことがないのか？」

桜木が腕を横に伸ばして、将太の肩を摑《つか》んだ。

「来年、君にどんな未来が待っているのかはわからない。でもな、たとえどんな結果が出ようと、それは、今の君と繋《つな》がってる未来なんだ。不安で怖くて、自信がなくて、そんなのはみんな同じなんだよ。みんなそうなんだ。そして誰もがみんな、野球選手であること以外の自分の人生も背負っている。背番号なんて、ただの識別番号だ。他人と区別がつけられればそれでいいのさ。ドラ一だったとか、球団に期待されたとか、その期待に応えられなかったとか、そんなことはみんな、終わったことだ。君の人生は過去にはない。今と、未来にあるんだ。好きな女がいて、結婚したくて、だから野球を懸命にやる。それだけでいいだろう。他に何が必要だ？」

桜木は立ち上がった。

「頑張りなさい。どんな結果が出るにしても、君が君の人生を、その結果も含めて大切だと思える、それが何より大事なことだと思うよ。君はこれからその背中に、たくさんのものを背負うことになる。それこそが、君の真の背番号だ。君がその背番号を誰とも交換したくない、そう思える日が来ることを祈ってる」

スポーツバッグをぶら下げて手を振り、桜木は歩き去った。

将太はしばらくそのまま座っていたが、尻ポケットからスマートフォンを取り出した。

「もしもし、おかあちゃん？」

「はいはい、なんね、将太ね。どげんしたと」

「俺、結婚したい人がおる」

「あらま」

「けど、今はまだ結婚してくれて、言えん。来年頑張って、テレビに映るような選手になったらプロポーズしようと思っとる」

「……はあ、そーなんね」

「俺、頑張るけん。後悔したくなか」

「そーやね。後悔はせんごとね」

「頑張る」

「わかった。年末には帰ってきんしゃい。あんたが好きな海老《えび》フライ、いっぱい作っとくけん」

「海老フライは揚げたてが食いたいけん、俺が行くまで作らんで」

通話を切って、空を見た。桜木は何度も空を見上げていた。彼の目には、空に何が見えていたんだろう。
将太はゆっくりと走り出した。
とりあえず、俺は走れる。投げられる。まだやれる。だから、やるしかない。
背中に貼《は》り付けた俺の背番号を誇らしく思えるように、やるしかない。

やり残したこと

1

最終打席も凡退し、四打席ノーヒットで試合が終わった。

この球場のいいところは、負けたら観客の目が届かないところに、ベンチから直接引っ込めるところだな、と、塚田《つかだ》明良《あきら》は自嘲《じちょう》気味の笑みを口元に浮かべ、荷物を手にベンチを立った。

球場裏手の関係者駐車場から、送迎バスがゆっくりと動いて来る。選手出入口前にぴったりと横着けされたそのバスに、明良はいちばんに乗り込んだ。監督やコーチ、スタッフが乗るバスは一号車、選手はほとんどが二号車に乗る。チームの現役選手としては三番目の年長者となった明良は、何かにつけて「お先にどうぞ」と若手に遠慮される立場になっていた。チーム最年長と二番目は、現在怪我《けが》の為《ため》に離脱して二軍調整中。

チームメイトたちが次々とバスに乗り込んで来る。みな、明良に目礼してから席に座る。負けた試合のあとなので、選手たちの口数は少ない。送迎バスではなんとなく、自分が座る席が決まっているもので、明良は後方の左側の窓際にいつも座っている。横にはショートの伊藤守《いとうまもる》が座る。もう何年も前からそういう慣習になっていた。

伊藤守は明良より七、八歳若く、まだ三十を過ぎて二、三年。昨年ゴールデングラブ賞をとった守備の名手だ。打撃でも今年は三割台をキープしている。礼儀正しい真面目《まじめ》な男で、つまり、非の打ち所がない選手。

全員が乗り込むとバスが動き出す。熱心なファンが、警備員が張ったロープの向こうにぎっしり並んでいる。伊藤の名前が染め出されたタオルを横断幕のように横に張って頭上に掲げた女の子が飛び跳ねていた。目が覚めるような美人だ。

「かわいいな、あの子」

明良は思わず呟《つぶや》いた。

「伊藤ちゃん、あの子知ってる？」

通路側に座っている伊藤は、窓のほうにちらっと目をやってうなずいた。

「名古屋の試合の時は、いつもいますよ」

「素人にしちゃ美人だな。連絡先とか訊《き》いてないの」

「クワバラクワバラ」

伊藤は頭を振った。

「先月、嫁さんにキレられてひどい目に遭ったっす。クリスタルの子と泊まったのバレちゃって」

クリスタルとは大阪にある会員制のキャバクラで、プロ野球選手が多く集まる有名店だ。伊藤は端整な顔立ちのイケメンで、年俸も一億を超えている。女のほうから群がって来る立場だから、ストイックに生きるなんて無理な話だろう。だが伊藤の妻は元アイドルタレントで、どうやら非常に気の強い女らしい。三年前にできちゃった婚した時に披露宴に呼ばれたが、輝くような笑顔で「浮気はぜったいゆるしませーん」と宣言していたのを思い出した。

明良の妻・涼子《りょうこ》はのんびりとした女で、これまでに浮気がバレたことは一度あったが、さほど修羅場にはならずに済んだ。だが子連れで実家に戻ってしまった涼子を連れ戻しに行った時の気まずさは、思い出しても冷や汗が出る。涼子の父親は元警察官で、柔道剣道の有段者だ。当時はまだ現役、その義父の前で畳に手をついて謝罪した時、義父の握った拳《こぶし》が細かく震えているのを見て殴られるのを覚悟した。しかし義父は自分を抑え、一言も言葉を発しなかった。そして義母が静かに言った。

涼子はああ見えて、繊細なところがある子です。笑っていても心が傷ついているんです。もう二度と、あの子にあんな顔はさせないでちょうだいね。

しかしなあ。

男ってのはまったく、自分のことながらどうしようもない生き物だと思う。あの時は心の底から反省し、二度と涼子を裏切らないと誓ったのに、結局あれからもちょこちょこと浮気をしてしまった。幸い涼子にはバレなかったが……いや、もしかすると涼子は気づいていたのかもしれない。だが、二歳になるかならないかの長女を抱いて実家に戻ったあの時とは違って、もう長女は七歳、長男も三歳になる。明良の浮気を責めて騒げば、子供たちに両親の修羅場を見せることになるし、長女はその意味も充分理解できる年齢だ。だから涼子は慎重なのかも。知っていても、すぐに終わる関係だと思って我慢していたのかも。

だとしたら、そんな涼子がもし爆発するようなことになれば、おそらくもう、実家で土下座したくらいでは元の鞘《さや》には収まれないだろう。

まさに、クワバラクワバラ。俺も自重しないとな。離婚なんて想像もしたくない。明良は今の家庭環境に充分満足していた。明るくて料理が上手な妻。親の欲目をさしひいても美少女で、成績もいい娘。明良によく似た、活発な息子。何が悲しくて、こんなにいい家庭を壊す必要がある。

バスは名古屋市内中心部のホテルに到着した。名古屋遠征の常宿で、老舗《しにせ》のとてもいいホテルだ。歩いて数分のところに繁華街があり、食事に出るのも気楽でいい。もっとも、熱心なファンはホテルにも大勢押しかけていて、選手が食事に出るところを狙《ねら》ってサインを求めたりプレゼントを手渡したりするので、そのまま歩いて店に入る、というのはなかなかしづらいのが難点だ。明良自身、もう少し人気があった頃《ころ》にはわざわざタクシーに乗ってかなり離れた店に行ったりしていた。が、今はもう、そんなに気にしなくなってしまった。ホテルの前でちょっとサインをするくらいは手間でもないし、お菓子だの入浴剤だのを手渡されれば素直に受け取っている。今でも明良がチームの中心選手であることは間違いないのだが、ファンに群がられて困るほどの人気がなくなってみて、群がってくれたファンの有り難みがわかるようになった。プロ野球というのはつまるところ、人気商売なのだ。人気がなければ球場に閑古鳥が鳴き、球場に閑古鳥が鳴けば年俸も低く抑えられてしまう。

　バスを降りてホテルの横手にある小さな玄関から中に入った。正面玄関にはファンがぎっしり詰めかけていて、昨年まではその中を歩いて入っていたのだが、今年はホテル側が横手の玄関を専用出入口にしてくれ、ロープを張ってくれている。だがファン同士の情報交換は瞬時なので、専用出入口付近にもめざとく詰めかけたファンがけっこう待っていた。

　その中に、さっき伊藤のタオルを振っていたあの女の子がいて、明良は驚いた。バスが出るのを見送っていたはずなのに、どうしてバスよりも早くここに着けたんだろう。市内は確かにところどころ渋滞していたが、それでも地下鉄を乗り継いで来るよりは時間がかからなかったはずなのに。さすが地元民、抜け道を知っていてタクシーで駆けつけたのか。

　伊藤は明良の少し前を歩いていたが、その女の子に気づいているはずなのに目を伏せていた。その様子がおかしくて、明良は笑い出しそうになった。十年前の自分なら、あの子の携帯メールアドレスか何か訊き出していただろう。モデルクラブやタレント事務所との合コンでもなかなかお目にかかれないくらいの、美女である。もったいない。が、伊藤は賢明だ。君子危うきに近寄らず。妻が勝ち気な場合はなおさらである。

　ホテルに入り、エレベーターに収まってから、ふと、何かひっかかるものを感じた。さっきのあの女の子、どこかで以前、逢《あ》っていないか？

　いや、あんなに綺麗《きれい》な女の子とどこかで接点があったなら、まるきり忘れてしまうということはあまり考えられない。考えてもすぐに思い出せないということは、気のせいか勘違いだろう。

明良は自分の部屋に入り、ベッドの上にごろんと大の字になった。

やはり、あの子が誰《だれ》なのかは思い出せなかった。が、勘違いで片づけてしまうには、何かもやもやとしたものが心に残る。おそらくタレントかモデルの誰かに似ていて見覚えがある、その程度のことなんだろうが。

スマホを取り出してLINEを開いた。涼子から、おつかれさまでした、とメッセージが入っていた。

「おつかれさまでしたー。今夜は何を食べるの？　手羽先？」

明良は思わず笑った。涼子は料理上手な分、食いしん坊だ。

「ホテルに戻った。なんかあんまり食欲ないから、ホテルで済ませようかな」

遠征中は宿泊先のホテルでも夕食が用意されているが、お決まりのビュッフェでまずくもないが美味《うま》くもない。

「どうしたの？　体調大丈夫？」

返信がすぐに届いて驚いた。涼子は俺がメッセージを読むのを待っていたらしい。

「体調は悪くないよ。ただささ、四タコだったしなー」

「二打席目は惜しかったじゃない」

四打席のうち、ヒット性の打球が飛んだのは二打席目だけだった。だが相手チームの外野手のファインプレーに阻まれた。

「惜しくても、捕られちゃったら意味ないよ」

涼子は自分を励まそうとしてくれているのに、なぜだかつっかかるような返信になってしまった。明良は少し慌てて書き足した。

「でもちょっとは感触、戻ったかも。次の試合は打てそうな気がする」

「よかった！　予定通り帰れる？」

明日は移動日で次の遠征先は広島。三連戦してその翌日にやっと東京に戻る。

「できるだけ早い新幹線に乗るつもりだけど、練習場に寄って帰るから、そうだなぁ、夕方には帰れると思う」

「じゃ、ご飯うちで食べるわね？」

「そのつもりだけど、誰かに誘われたらどうなるかわからないから、その時は連絡するから、子供たちと食べてな」

「わかった。明良くんの好きなローストビーフ、焼いとくね」

「サンキュー」

「じゃ、おやすみなさーい」

「もう寝るの？」

「うん。明日燃えるゴミの日だから」

「そっか。おやすみ」

「はーい」

ウサギが寝ているスタンプが送られて来た。ベッドサイドのコンセントにスマホの充電器をさした。欠伸《あくび》が出た。もう飯なんか食わないでこのまま寝てしまおうか。そうは思ったが、空腹は感じている。

明良は起き上がり、ジーンズとTシャツに着替えて部屋を出た。

2

宴会場に設けられた夕食会場は空いていた。一般客は入れない、チーム専用の食事会場だ。が、遠征中は地元の後援会に招かれたり、友人知人と落ち合ったりして外で食事をする選手は多い。特に今夜は三連戦の最終日、明日は次の遠征先に移動するだけなので、選手同士で飲み歩いている者も多いのだろう。もっとも、明良が入団した頃に比べると、最近の若い選手は酒を飲まない。女の子がいる店にいりびたる者もさほど多くない。仲間と食事に出かけても、そのあとはカラオケだ。そして部屋に戻るとスマホでゲーム三昧《ざんまい》。彼らを見ていると、まだ四十にしかならないのに自分がおそろしく老けてしまった気分になる。

食事をしているのは主にスタッフ、コーチ陣だった。監督は遠征中はいろいろと招待を受けることが多く、食事会場に顔を見せることは滅多にない。監督は現役時代とても人気のあった人なので、今でも選手より知名度が高い。

料理はまずくはないのだが、見飽きたメニューであまり食欲はわかなかった。好物のローストビーフが焼き立てで美味そうだったので、三枚ばかり切ってもらい、あとは面倒なのでビーフカレーにした。野菜も食べてね、と涼子が口癖のように言う声が耳に響いた気がしたので、サラダはとりあえず少し盛った。

「生野菜なんか、茹《ゆ》でたらほんのちょっとになっちゃうんだぞ。食うなら馬に食わせるほど食え」

明良の向かい側に、コーチの香取《かとり》が座った。一軍投手コーチの香取は明良の三つ上、一昨年《おととし》引退して二軍投手コーチとなり、今年から一軍コーチに昇格した。投手と野手は同じチームメイトでもさほど交流がないのが普通だが、香取とは幼い頃、同じ少年野球チームにいたことがあって、どこか幼馴染《おさななじ》みのような気安さを感じている。むろん年齢も上、プロ選手としても先輩だったので、明良の側は常に敬語で接していたが、香取のほうは、弟の面倒をみるような感じで何かと声をかけてくれた。その香取も今はコーチ、選手にとってコーチはいわば上司であって、絶対に逆らえない相手でもある。

「あとでサプリ飲んどきます。ビタミン剤と食物繊維とプロテイン、ミネラルに鉄、よりどりみどりですよ」

「奥さんが持たせてくれるのか」

明良はうなずいた。

「いい奥さんだよな、涼子さん」

「頭が上がらないです」

「……今日は四タコか」

香取は皿に盛り上げたチキンローストを口に運びながら言った。

「調子、なかなか上がって来ないなぁ」

明良はカレーをスプーンですくい、義務のように口に入れた。

「香取さん……そろそろ潮時かもしれないです」

「潮時？」

香取はフォークをおいた。

「つまりおまえ、引退するつもりなのか」

明良は溜《た》め息《いき》をついた。

「打席に立っても、もう打てる気がしないんですよ。……からだが衰えたってよりも、なんかこう、気力がね……」

「まだやれるだろう。俺には打つほうのことはわからないが、今はスランプってやつじゃないのか。明良、こんなことおまえにだから言うけどな、チーム事情がどうあれ、誰に何と言われても、簡単に引退なんかするもんじゃない。やれるなら一日でも長く現役でいろ。いよいよ球団から来季はないと言われるまでは、自分の口から引退なんて言葉、出しちゃいかん」

香取は声を低めた。

「それともおまえ……何か言われたのか、上に」

明良は黙って、ほんの少しだけうなずいた。

井上《いのうえ》GMに呼ばれたのは半月ほど前のことだった。開幕から続いた打撃不振で、その日は今季初めてスタメンを外れた。幸い、代打で出た一打席でシングルヒットを打つことができたが、調子のいい時ならばスタンドインできそうな甘い球だった。試合のあと、マネージャーから翌日の十時に、球団事務所に行くように言われた。

開幕から十七打席ノーヒットだった頃から予感はあった。が、代打でヒットを打った翌日にそれを言われるとは、正直思っていなかった。まだ七月に入ったばかり、オールスターの前だ。挽回《ばんかい》する時間は充分にある。最終的に二割七分ぐらいまで持っていければ、来季も契約して貰《もら》える、そうタカをくくっていた。

「申しわけない」

GMはいきなり、そう切り出した。

「君がまだ一流の能力を持っていることはわかっている。しかし、二年前の君と同じパフォーマンスができるかどうか、正直、断言できるだけの材料がない。前回はFA権も行使しないで貰って、君と三年契約も結ぶことができた。君は今でもうちのチームの看板選手だ。それだけに、来季のことは難しい問題になった」

難しい問題、とは言いえて妙だな、と、その時明良は他人事のように考えていた。

確かに俺は、チームにとって、難しい問題なのだろう。

前回の契約更改時、海外ＦＡ権を所持していた明良は、特に悩むこともなくその権利を行使しないと発表した。自分がどの程度の選手なのかは自分でよくわかっていた。三十七歳で前年打率がかろうじて二割八分台、ホームランは七本しか打てなかった。打撃成績としては悪いものではないが、四番打者だった頃の塚田明良を知っているファンにとっては物足りない数字だったろう。サードの守備にはそこそこ自信はあり、ゴールデングラブ賞はとることができたが、他のタイトルにはどれも遠く及ばなかった。ＦＡ権を行使したところでメジャーからのオファーなどあるわけがないし、他球団に移籍したところで、今さらレギュラー争いに参戦して大変な苦労をするだけの気力もない。しかもチームからは、破格の三年契約を提示された。年俸は三年平均すると現状維持に過ぎなかったが、プロ野球選手にとって年俸の額よりも有り難いのが、複数年契約なのだ。三年契約して貰えれば、万が一怪我で離脱することになっても、翌年路頭に迷うことを心配しなくてよくなる。

そしてこの三年間、案の定、怪我がつきまとった。それでもなんとか昨年の夏まではレギュラーポジションを死守していたのだが、昨夏が終わる頃、二軍から上がって来た前年のドラ一にポジションを奪われた。チームの優勝の可能性が低くなり、若手の育成に目標がスライドしたせいだった。

契約最終年の今年は、明良にとって、人生の分岐点とも言える年だった。ここで踏ん張れば現役を続けられる。春のキャンプでは、明良は本気でレギュラーの座を取り戻すべく努力した。

だが、キャンプ終了間際に腰痛に襲われた。ヘルニアが出たのだ。若い頃はセカンドやショートを守ることが多かった明良には、内野手の職業病とも言える腰椎椎間板《ようついついかんばん》ヘルニアの持病がある。二十代の頃に手術をして、以来十年くらいは問題なかったのだが、三十半ばを過ぎてまた痛みが出るようになった。だが今度手術したら現役に復帰できるかどうかわからない。なので、騙《だま》し騙し、爆弾を抱えたままで選手生活を続けて来た。

腰痛自体はさほど深刻な状態にはならずに済み、なんとか開幕には間に合った。だが二週間近くろくにバットを振れなかったことが原因なのか、開幕してもまったく調子が上がらない。この重大な分岐点において、遂《つい》に自分は脱落したのだ、と、明良は半ば諦《あきら》めの心境で井上GMの言葉を聞いていた。

俺はチームにとっての、難しい問題、なのだ。

年俸が安い選手であれば、まがりなりにも昨年二割八分台の打率を残しているのだから、あと一年くらいはやらせてやろう、という判断も有り得るだろう。チームには試合を決めてくれる代打要員がいない。レギュラーは無理でも、代打専門ならばまだ俺には使い途《みち》がある。

だが今の年俸は、代打要員に払うには高過ぎる。かと言って、あまりにも大幅な年俸ダウンはお互いに体裁が悪い。年俸にはいちおう減額制限が設けられていて、明良の場合は一億円を超えているので40％が限度になる。が、減額制限は年俸ダウンを抑える為のものではない。減額制限を超えたダウン提示をすることも可能で、双方が合意してそれを受け入れるなら制限を超えていてもお咎《とが》めなしだ。しかし選手が納得しなかった場合には、球団は選手を自由契約にしなくてはならない。逆に言えば、減額制限を超える大幅ダウンに承服できなかった場合、その選手は体よくクビになってしまうのである。なんだか非道な制度のようだが、選手に対する球団の支配権は非常に強く、自由契約にして貰わなければ好きな球団に移籍することができないので、事実上はクビでも自由契約にして貰うことで、他球団に移籍してもう一花咲かせる可能性だけは残る。よそが拾ってくれそうな選手であれば、自由契約を選ぶほうがいいだろう。

しかし、俺はどうだろう。明良はその時、数分の間に冷静に自分の価値を値踏みした。拾ってくれる球団があるだろうか。

代打要員として、あるいは守備固めにと拾ってくれるところはあるかもしれないが、ヘルニア持ちであることはすっかりバレてしまっているし、年齢の問題もある。

そして、一時はチームの顔として中心選手だった生え抜き男が大幅ダウンで自由契約、というのは、球団イメージとしてあまり好ましいものではない。

「来季、内野手は補強を考えている」

ＧＭは淡々と続けた。

「どういう形での補強になるかはまだ言えないが、いずれにしても、君がレギュラーに返り咲ける可能性は低い、と考えてもらうしかない」

明良の脳裏に、メジャーリーガーになった元他球団の看板内野手の顔が浮かんだ。メジャーでもそこそこ活躍はしたが、昨年はマイナー落ち。来季はＮＰＢへの復帰が噂されている。おそらく、球団が狙っているのはあいつだ。

なにしろ人気のある選手で、容貌《ようぼう》も俳優のように整っている。日本でプレーしていた頃は、とにかく派手な活躍をする選手だった。サヨナラ満塁ホームランを年に三発も打った。四打席連続ホームランで日本タイ記録も持っている。首位打者も確か一回、とっているはず。守備も、メジャーでレギュラーをとったこともある実力者だ。そして明良よりも、五歳も若い。

あいつがうちのチームに来るなら、そりゃ俺の出番なんかなくなるよな。

「二軍打撃コーチの末永《すえなが》が、来季は古巣の一軍コーチに迎えられる可能性があるらしい。おそらく退団することになるだろう。君に用意できるポストとしては、そこでどうだろうか。わたし自身がいつまで今のポストにいるかはわからないので保証はできないが、二軍コーチを二、三年やってから一軍コーチに昇格、という線がうちの球団の既定路線だ。君にはぜひ、若手の育成を頼みたい。どうだろう、もちろん引退試合はきちんとやらせていただくが」

「……急なことなんで、少し考えさせていただいてもいいでしょうか」

明良はそれだけ言って、あとはＧＭの言葉に、ただ唇を結んでいた。

「やっぱり引退しろ、って言われちゃってるのか」

　香取の声に我に返る。

「で、どうするつもりなんだ。決心はついてるのか」

　明良は小さく首を横に振った。

「悩んでますよ。……まだできる、と自分では思ってます。でも現実はそうじゃないらしい。何より他のチームに移籍してまで現役を続けたいのかどうか、それが自分ではよくわからないんです」

「俺も今は球団側の人間だからな、GMがそれを望んでいるなら、言われた通りに引退するのがいちばんいい、と言いたいところだが」

　香取は鳥の骨を皿に放《ほう》り投げた。

「魔法がとけるんだよ」

「魔法？」

　香取はうなずいた。

「何もかも変わる。子供と一緒にディズニーのDVDを観《み》たよ、ほらあの、シンデレラ。真夜中の十二時になると馬車はかぼちゃに戻り、ドレスも宝石も消える。あれと同じだ。引退した途端に魔法がとけて、俺は四十一歳の中年男に戻った。プロ野球選手、から、ただのおっさんになったんだ」

「俺はもう、充分おっさんですよ」

「いや違うんだよ、違うんだ。現役の間は、プロ野球選手という特別な存在なんだ。同じユニフォームを着ていても、引退してコーチになればもう、特別な存在じゃなくなる。現役時代は本当に特別な時間なんだ。引退して時間が経つにつれて、そのことが身に染みて来る。こんなことなら現役の頃にもっともっとからだを鍛えて、もう一年でも、いや一日でも長く選手でいたかった、そう切実に思うんだ。だから俺は安易にすすめない。GMの言う通りに引退するかどうか、とことん悩んで考えたらいい」

香取は空になった皿を手に立ち上がった。

「とはいえ、家族の生活もあることだからな。それにおまえは俺と違って、いずれこのチームで監督をやることになる人材だ。自由契約になって外に出れば、その道が断たれることになるかもしれない。少なくとも何年かの遠回りにはなる」


その夜はなかなか寝つけなかった。

魔法がとける。それは理解できる。現役時代が特別なものであることは、明良にもわかっている。

だがその一方で、香取が最後に言った言葉も頭の中でぐるぐる回っていた。

俺は本当に、いずれこのチームの監督になれるのだろうか。

タイトルは奪った。首位打者が一回、ゴールデングラブが三回。四番にも数年、すわった。グッズの売り上げも数年間は上位五人の中に入っていた。

だが時代は確実に変化している。以前はとりあえず、看板選手が引退したらそのうち順番で監督に、という流れだった。その流れから言えば、明良の実績は微妙なところだろう。確かに看板選手の一人だった時代はあるが、スター選手、と言われるほどの存在ではなかった。名球会に入れるくらいの実績があれば、いずれ監督、という話ももっと現実味があるのだが。

しかしここ数年、そうした看板選手、スター選手が監督になるばかりではなく、現役時代はさほど華々しい活躍をしたわけでもなく、実績も残していなかった人が監督になるケースも増えて来た。二軍コーチ、一軍コーチを経て二軍監督経験を積んでから監督に就任したり、一度編成部に入ってスカウト経験後に現場に戻って下積みから監督になったりと、選手時代の実績よりも、指導者としての経験や知識が重要視されるようになって来ている。その意味では、自分にも可能性はあるのかもしれない。

だがやはり、監督、などというのはあまりにも遠い夢のような気がする。

とりあえずは来年の収入だ。選手として残れれば、大幅減俸されたとしても他の仕事をするよりは稼げる。だが今年の年俸に対してかかって来る多額の税金を支払うと、大幅減俸されたのではほとんど残らない。

引退してコーチを引き受けたとしたらどうだろうか。二軍コーチでは今の年俸の四分の一ももらえないだろう。その上、副業は厳しく制限される。今年の分の税金支払いで貯金を取り崩すはめになるだろう。その代わり、数年後には一軍コーチだ。

引退してチームに残らず、解説者などになる道はどうだろう。

明良はその考えを自分で打ち消した。自分程度の実績では、解説者として迎えてくれる媒体などないだろう。せいぜい、数ヶ月に一度のゲスト解説がやっと、それも仕事が来るのは引退直後だけだ。かと言ってタレントに転身するような才能もないし、本が書けるようなスキルもない。

今さらコネを頼ってサラリーマンになるくらいなら、球団が用意してくれた二軍コーチを引き受けるのが得策だ。というか、他に道なんかありはしない。

本当に、野球選手なんて潰《つぶ》しが利かない。

涼子に任せてある預貯金はどのくらいあるのだろう。会社を興したり店を開いたりする程度はあるだろうか。だが金があるとしても、いったいどんな会社を興せばいい？　何の店を開く？

堂々巡りの果てには、考えるのが面倒になってしまった自分が残った。

いつかこの時が来る、と知ってはいたけれど、毎年毎年、考えないようにして来た二文字、引退。

人生の転機だ。

……あっ！

明良はベッドの上にはね起きた。突然思い出したのだ、あの、タオルを掲げていた伊藤ファンの女の子のことを。

あの子を俺は知っている。以前に会っている。それもずっと昔だ。少なくとも十年は経っている。あの時の子だ……間違いない。

明良はスマホを手にして、検索をかけた。

どこかにあるはずだ、あの時の写真。見た記憶があるのだ。地元の新聞だったか、それとも球団の公式サイトのどこか。

三十分は探し続けて、ようやく記憶にあった画像にたどり着いた。

そこには、日焼けした肌に白い歯が印象的な美少女が、少年野球のユニフォームに身を包んで笑っていた。明良の隣りで。

3

遠征を終えて自宅に戻ったのは日付が変わる間近だった。最後の試合は広島でのデイゲーム、翌日に帰京して直接練習場に行くつもりだったが、意外に早く試合が終わったので、ホテルからタクシーを飛ばして広島駅に駆け込んで新幹線に飛び乗った。品川駅のタクシー乗り場に並べたのは午後十一時を過ぎていた。

ほぼ一週間ぶりの自宅、玄関で靴を脱いでいる間、込み上げて来る嬉《うれ》しさを抑えられずに鼻歌が出た。遠征のホテル暮しが辛《つら》くなって来ると、引退が近づく、と昔先輩の誰かが言っていたのを思い出す。

「お帰りなさい」

すでにパジャマに着替えた涼子が出迎えてくれた。涼子の足下には猫のブンタがまとわりついている。ブンタは白い長毛種で、仔猫《こねこ》の時に涼子の実家からもらって来た。母親は純血のペルシャ猫らしいが、父親が不明なのでブンタは雑種だ。

涼子はおっとりとした性格で、怒っている顔を見ることはあまりない。だが、もう少し焦ってもいいんじゃないか、というような場面でも妙に平然としていて、何を考えているのかもうひとつわからない面がある。

ＧＭに呼び出された日の夜、引退を勧められたことは涼子にも説明した。だが涼子は、心配するでもなくただ、ふうん、そうなんだ、と言っただけだった。まあいざとなれば、元警察キャリアで顔の広い養父のコネで、どこか警備会社あたりにもぐりこむことはできるだろう、と明良も思わないではないが、それではいったい、自分が十五年もの間プロ野球選手でいたことに何の意味があるのだろう、と考えてしまう。実家が金持ちで顔も悪くない女と結婚できた、それだけしか残らないのか、そう考えると憂鬱《ゆううつ》になる。

「何か食べる？　ローストビーフは明日の予定だから、お魚しかないけど」

「いや、新幹線の中で弁当食った」

「おつまみ作る？」

「もう遅いから簡単でいいよ」

「何飲む？」

「とりあえずビールだな。子供たちは？」

「ちゃんと寝てるわよ。タッくんはパパが帰るまで起きてるって頑張ってたけど、無理やりベッドに押し込んだらすぐスースー。カナちゃんは明日、バレエがあるから早寝したわ」

「佳奈子《かなこ》、バレエどうなんだ。才能ありそうなのか」

「やだわ、パパ」

涼子は朗らかに笑った。

「才能なんてなくてもいいじゃないの、本人が好きでやってるんだから」

「でも宝塚《たからづか》受けるって言ってるだろ、あいつ」

「受験できるのはまだずっと先よ、それまでには興味なくすかもしれないし、本気で宝塚に入りたいならそれはそれで、あと二、三年したら歌のレッスンなんかも受けさせるわ。でも今はまだ、休まずに続けてくれればそれでいいのよ」

「まあそれはそうなんだが……」

「パパだって、七歳の時にもうプロ野球って決めてたわけじゃないでしょ」

決めてたよ、と、明良は声に出さずに言った。七歳、少年野球チームに入って二年目で、明良はすでに頭角を現していた。どんな世界でもそうなのだ。将来それで飯が食えるような奴は、七歳にもなれば他の子とは明らかに違っている。

ジャージに着替えてソファに座り、涼子が用意してくれたビールと軽いつまみを前に、明良は思い出していた。

父親が野球好きで、生涯の自慢が甲子園まであと一勝、県大会の決勝まで進んだことだった。自分に息子ができたら野球をやらせる、父はずっとそう思い続けていたらしい。子供用のグローヴを手にはめたのは五歳の時。父とのキャッチボールはそれ以来、日課になった。だが少年野球チームの規程で、未就学児童はチームに入れなかった。だから明良の小学校入学は、父にとって特別な出来事だったのだ。

チームに入って真新しい、そしてブカブカのユニフォームを初めて着た時、父は夢中になって写真を撮っていた。今でも実家の古いアルバムには、その写真が貼《は》ってある。

そしてその日からずっと、明良はユニフォームを着続けている。

三年生になって、明良は試合に出して貰えるようになった。まだからだが小さかったのでレギュラーは遠かったが、代打に出た最初の打席でヒットを打った。その時の手の感触を、明良は今でも憶《おぼ》えている。そしてその夜、明良は父に言ったのだ。

ぼく、野球選手になる。

あれから俺は、野球以外、何もしていない。

五年生の時、地元の少年野球の強豪チームから誘われた。そして翌年、そのチームは日本一となり、アメリカ遠征も果たした。生まれて初めての海外旅行だったのに、観光をしたのは二時間のバス見学だけ、あとはホテルと球場を往復して終わった。それでも明良にとっては、夢のように楽しく誇らしい旅になった。

中学は地元の公立に進学したが、学校の軟式野球部には入らずに、硬式のクラブチームに所属。高校は推薦で甲子園常連校に決まった。結局甲子園には出られなかったが、大学も野球推薦で進学。卒業まで、勉強らしい勉強は本当に最低限しかした記憶がない。朝起きてから夜寝るまで、明けても暮れても野球、野球。首尾よくドラフト指名されてプロ入りして十五年。この世界で、俺はやれるだけのことはやったのだ。ひたすらに野球だけをやり続けて、そしていよいよ、最後の選択が目の前に迫っている。

「なんか顔、暗いね」

涼子が明良の隣りに座った。ソファは三人掛けの大きめのものだが、涼子はからだがそっと明良のからだにつくぐらい、そばに座った。

「ヒット打てたんでしょ、今日。昨日はマルチだったし」

マルチ、などという言葉を涼子はいつのまに使うようになったのだろう。明良は、出逢《であ》った頃の涼子のことをふと思い出した。涼子は野球のことなどまったく知らず、ただ明良の高校野球時代の恩師から紹介されて、明良と交際を始めたのだ。

「昨日は久しぶりのスタメンだったから、ちょっと張り切った。でも今日は向こうの先発が左だったからなあ。俺も左だと打席に立たせて貰《もら》えなくなっちゃったよ、遂《つい》に」

「でも代打で打たせて貰えたんでしょう」

「右に代わってくれたからね」

「それでちゃんとヒットが打てたんだから、良かったじゃない」

「代打でどれだけヒットを打っても、編成の方針は変わらないと思うよ。……来季、チームは俺と今の条件で契約するつもりはないんだ、もう」

「……あなたが続けたいなら、いいのよ、大幅減俸でも。税金は貯金から払えるんだし」

「金のことだけじゃないよ。限度額を超えるダウン提示が出たら、それは、頼むから出て行ってくれ、っていう意思表示だ。しがみついて残っても、来季は一軍にいられるかどうかさえわからない。あげくに来年の秋には戦力外になる。球団はいちおう俺のこと、功労者だと言ってくれてるんだ。だから戦力外にはしたくないんだと。自分から引退してくれれば、二軍コーチのポジションは確保するから、って」

「でもあなたは、まだ引退したくないのね」

　明良は首を横に振った。

「ほんとのこと言うと、自分でもよくわからないんだ」

「自分がどうしたいか、わからない、ってこと？」

「うん」

明良はビールを飲み干した。

「……これまでの俺の人生は、本当に野球しかなかった。君と結婚して父親になれて、野球以外にも自分にとって大切なものができたことは、良かったと思ってる。でも結局まだ、俺の人生は野球に支配されてるんだと思う。野球は好きだ、続けたい。できればまだあと数年は現役でいたい。それは本心なんだ。だけどその一方で、この先の人生を考えたら、そろそろ野球以外のものに触れるべきなんじゃないか、そんな気もしている。前に話したけど、手首の問題もあるし……一度全部リセットして、勉強し直す時期なんじゃないか、って」

「二軍コーチにもならない、ってこと？」

「もしリセットするつもりなら、今、コーチを引き受けるべきじゃないだろうな。これまではプレイヤーとしてしか野球を見て来なかったけど、ここらできちんと野球理論やスポーツ生理学や、いろんなこと勉強するのもいいんじゃないか、そんな気もしてるんだ……でもそうなると、何年間も無収入になるかもしれない。それどころか、勉強するのに金がかかる。だけど」

明良は横目でちらっと涼子を見て、それから視線を落とした。

「……君のお父さんに助けて貰うのは……正直、気が進まない」

「うん」

涼子は自分用に赤ワインのグラスを手にしていたが、それをくっと飲んで言った。

「その気持ちも、わかる。わたしもね、いよいよお家賃が払えません、ってなるまでは、福岡のパパにSOS出すつもりはないの。とにかく貯金はある程度あるんだもの、そうね、こんな高い家賃のマンションは出て普通の家庭が暮している程度の部屋に移って、贅沢《ぜいたく》しないで生活するなら……十年くらいは大丈夫よ、たぶん。だからあなたが本気でそうしたいなら、人生のリセット、わたしは反対しない。でも……わたしと子供たちのことはリセットしないでね」

「当たり前だろ」

明良は笑って、涼子を片腕で引寄せた。

「とにかくもう少し考えてみるよ。それに、なんかさ……なんかモヤモヤしたものがこのへんにあるんだ」

明良は自分の胸のあたりをさすった。

「なんか俺……忘れてるような気がして仕方ないんだよね。なんか現役選手としてやり残したことがある気がして」

「やり残したこと？」

「そう。でも思い出せないんだ」

「二〇〇〇本安打」

「それは無理」

明良は笑った。

「一五〇〇までもあと四〇〇以上だよ。レギュラーであと四年間できれば一五〇〇には達するかもしれないけど……まあ無理だろうな。仮に今のチームを出て、来季どこかに拾って貰ったとしても、代打中心になると思う。ヘルニアがいつ悪くなるかわからないし。俺は一〇〇〇本打てただけでも満足してるんだ。自分の実力はちゃんとわかってる。なんか……そういうのじゃないんだ」

「どうして思い出せないのかしら」

「……それがさ……この子と関係してるんじゃないかって」

「この子?」

明良はテーブルの上に置いてあったスマートフォンを手にした。

「涼子、この子知らない?」

画像を涼子に見せる。

「あら、かわいい。女の子の野球選手?」

「少年野球チームの子だよ」

「かわいいけど、わたしが知ってるわけないわ」

「だよな、やっぱり」

「この子がどうかしたの」

「うん、これ、たぶん沖縄で撮られたもんだと思うんだ。球団公式サイトの画像ストックを検索して見つけた。実は名古屋で、この子が伊藤ちゃんの応援に来てたんだ。伊藤ちゃんのタオル振ってた」

「伊藤さん？　女の子に人気あるもんね、あのひと」

「でもこの画像、十年前のものなんだ。で、名古屋で見た子は、どう見ても十代だった。たぶんまだ高校生か、下手したら中学生」

「ちょっと」

涼子は泣きそうな顔になった。

「わたしそういうの、ダメって知ってるじゃない。怖いからやめて」

「いやいや」

明良は笑って涼子の肩を抱いた。

「ごめんごめん、ホラー話じゃないんだよ。伊藤ちゃんの応援してる美人がいたんで顔見てるうちに、どこかで前に会ったな、って気がしてさ。ホテルで寝てる時に不意に思い出してこの画像を見つけたんだ。たぶん、この画像で俺と一緒に写ってるのは、伊藤ちゃん応援してた子のお姉さんなんじゃないかと。画像を見た時はそっくりだと思ったけど、よくよく思い出してみたら、名古屋で見た子のほうが彫りが深い気がするんだ」

「この画像は」

「キャンプ中に、地元の少年野球チーム集めて野球教室をやるんだ。その時のものだと思う」

「なんだ、そういうこと。じゃ、この子は今ごろ、二十一、二歳?」

「うん、この時小学校の五年か六年だからね、今はそのくらいだと思う」

「ふーん」

涼子が肘《ひじ》で明良の脇腹をつついた。

「子供の時でこれだけかわいいんだから、今ごろはさぞかし美人さんになってるでしょうねえ。で、逢いたいわけ、この子に」

「変なつもりはないよ」

「当然です。変なつもりがあったら承知しないから。でも変なつもりじゃなくて、どんなつもりなの?」

「いや……さっきの話なんだけどさ。俺……この子に何か約束したような記憶があるんだよ」

「約束?」

「そうなんだ。引退か自由契約か、選択しないとならないってなってからずっと、胸にモヤモヤしたものがあってさ。それが、何か俺、大事な約束を忘れてて、その約束を果たすまでは野球をやめられない、そんな気がして仕方ないんだ。もしかしたらとっくに約束は果たしているのかもしれないいんだけど……」

「どうしてこの子とそんな話になったの?」

「うん……この時は他にもたくさん子供たちがいたし、十年前の俺はまだ、かろうじて若手って呼ばれてる状態だったからさ、この時もけっこう自分がはしゃいでた記憶があるんだ。それで、一人一人の子とどんな話をしたのか……でもこの画像を見て、何か約束をした、ってことは思い出した。それでね、ずっとモヤモヤしてるものがその約束と関係あるんじゃないかって」

「じゃあどうする？　伊藤さん、その応援してる子の連絡先とか知らないのかしら」

「伊藤ちゃん、浮気バレてすったもんだしたばっかだから、ファンの子に自分から声かけたりはしない、というかできない。誰に見られてるかわからないだろ」

「そうね、今、スマホで写真撮ってSNSで拡散、だものね。あ、そうだ、中尾《なかお》さんに頼んだら？」

中尾は一軍の広報で、チームの遠征にはいつも帯同する。

「次の名古屋遠征の時に、その子を見つけて伝言して貰って会ってみれば？　中尾さんが一緒なら変な誤解受けなくて済むと思うわ」

「そうだな……そうしてみようかな。構わない？」

「その子とＬＩＮＥで繋《つな》がったりして、女子高校生と合コンなんかしない、って誓うならいいわよ」

「女子高校生と合コンなんかできる歳《とし》じゃないよ、もう」

涼子がからかうように笑った。

4

次の名古屋遠征は、それから三週間ほど経《た》ってからだった。三連戦の二試合目、試合前の練習中に、中尾がメモを渡してくれた。

幸い試合には勝ったので、ホテルに戻ってからすぐにタクシーで出かけることができた。試合に負けるとなんとなく外出するのが億劫《おっくう》になる。

中尾が書いてくれた簡単な地図のおかげで、タクシーの運転手も迷うことなく目的地まで連れて行ってくれた。繁華街から少し離れた、住宅地に近い裏通りにひっそりとある、一軒家のイタリアン・レストランだった。店に着いて名前を告げると、離れのようなところにある個室に案内された。

中尾は先に席についていた。中尾の前に、伊藤ファンのあの女の子がいた。互いに簡単に挨拶《あいさつ》を済ませ、中尾がコース料理とワイン、それにソフトドリンクを注文した。中尾は明良とおない歳だが、三年前に引退して広報職に就いた。現役の頃から遊び上手で、どの遠征地に行っても美味《うま》い店を知っていた。

「いい店だな。こんなとこ、ナカちゃん、よく知ってたな」

「栄《さかえ》とかだと、誰に見られるかわかんないでしょ。ここは俺の嫁が学生の頃から来てた店なんだ」

「あ、ナカちゃんの奥さん、名古屋か、出身」

飲み物が運ばれて来たので、とりあえず乾杯した。

「塚田さんがあたしに会いたいとか聞いて、もうびっくりしちゃって。今もドッキドキです」

「ごめんね、こんなふうに呼び出したりして。あ、伊藤も連れて来なくてごめんなさい。君、伊藤のファンでしょ」

「あ、はい！　伊藤さん大好きです」

「今度機会があったら、伊藤も呼びましょう。あ、ただしあいつ、愛妻家だからね、女の子と二人だけとかは無理なんだ。邪魔だろうけど、俺や中尾広報も一緒に、飯でも食いましょう」

「ほんとですか！　すごい、嬉しいです！」

少女は斎藤真菜《さいとうまな》、と名乗った。豊田市の高校一年生だった。

料理が出ると、明良は言った。

「帰りがあまり遅くなるといけないから、どんどん食べてね。で、用件のほうもいいかな」

「はい」

「ちょっとこの画像、見てくれるかな。もしかしてあなたのご家族の誰かではないかと思って」

明良はスマホの画像を真菜に見せた。真菜はフォークを握ったままでその画像を見つめ、驚いたように言った。

「お姉ちゃんです。お姉ちゃん、塚田さんと知り合いだったんですか！」

「やっぱり……あんまり似ているので、家族じゃないかと思ったんだ。これは沖縄キャンプの時、地元の少年野球チームを集めて野球教室があって、その時に球団のカメラマンが撮った写真で、今から十年ほど前です」

真菜がうなずいた。

「お姉ちゃんが少年野球チームにいたことは知ってます。でも……十年前だともう、あたしはお姉ちゃんと暮してなくて。あたしが二つの時に両親が離婚して、あたしはお母さんとこっちに来たんです。お母さん、名古屋の人なので。お姉ちゃんはお父さんと沖縄に残ったから……お母さん、ほんとはお姉ちゃんも連れて来たかった、っていつも言ってます。でも、母子家庭で子供二人を育てるのは無理だって……でも必ず引き取るつもりでいたそうです。それが……詳しいことは知らないんですけど、離婚してしばらくしてからお姉ちゃん、心臓に病気がみつかって、治療にお金もかかるし看護も必要になるでしょ、お父さんのとこならおばあちゃんも叔母《おば》さんもいるから……それで、名古屋に連れて来るのは無理になったんだそうです」

心臓に、病気。

その言葉を聞いた途端、明良の脳裏に少女の声が甦《よみがえ》った。

わたし、来週、手術するんです。


「毎年、夏休みにはお母さんと沖縄に行ってお姉ちゃんと会ってました。お姉ちゃんが出る試合を見に行ったこともあります。でもお姉ちゃん、五年生の時に病気が判《わか》って、ほんとは野球なんかやめないといけない。でも、チームの監督さんがお父さんの知り合いで、六年の夏に引退するまでは、チームの一員としてユニフォームを着ていいってことになったんですって。その写真、十年前ですよね、お姉ちゃんが六年になる春ですね？」

真菜はもう一度、明良のスマホを覗《のぞ》き込んだ。

「ユニフォーム着てる。ちゃんと着てますね。お姉ちゃん、楽しそう」

不意に、真菜が下を向いた。肩が震えていた。

泣いている。

明良の心臓がドクッと波打った。真菜の涙の意味が、明良の心に届いた。

しばらく、真菜はすすり泣きしていた。明良は黙ってそれを見つめていた。

「……いつ？　でしたか」

　真菜が泣きやんでから、明良はそっと訊《き》いた。

「……五年くらい、前です。何度も何度も手術して……今のわたしくらいの歳だったんですよね……でもお姉ちゃんの影響で、わたしも野球が好きになりました。わたしは運動ダメな子なんで、もっぱら応援ですけど」

「……野球好きになってくれて、良かった」

「野球教室で、お姉ちゃんに何を教えたんですか。投げ方とか打ち方とか？」

　明良は、真菜の顔を見つめた。

　あの子は今の真菜くらいの歳まで生きたのだ。きっと、こんなふうな女の子になっていたんだろう。

「いや」

　明良は言った。

「教えて貰ったのは、俺のほうでした」

＊

「決心は固いのか」

　香取の問いに、明良はうなずいた。

「ぎりぎりまで、球団には言うなよ。俺も黙ってる」

「気をつかわせてすみません」

「俺が余計なこと言ったからか？」

「いや、そうじゃないんです。もうちょっとだけ、あと一年でいいから選手でいたい。打席に立ちたいんだ。それだけです」

「……減俸で残れるならいいが……戦力外になるかもしれないんだぞ」

「そうなったらトライアウトでも入団テストでも、なんでもしますよ」

「いや、おまえなら拾ってくれる球団はぜったいあると思うが……おまえには引退試合やって、ファンに見送られて現役をやめるほうがふさわしいよ。正直、おまえは引退を選ぶと思ってた。今さらだけど、コーチ業もけっこう楽しいしやりがいもある。もうちょっと考えてみないか」

明良は笑った。

「心配しないでいいっすよ。俺、香取コーチにそそのかされたので引退しません、なんて言いませんから。いや、真面目《まじめ》な話、実は俺、やり残したことがあるのに気づいたんですよ」

「やり残したこと？」

「そうなんです。自分でもすっかりそのことは忘れてたんですが……あと一年やったからってそれができるとは限らない、チャンスはそう多くないんですけどね、でも、どうしてもあと少しだけ、努力してみたいんです」

「なんなんだよ、その、やり残したことって」

「つまらないことなんですよ。記録にも残らないような」

「サイクルヒットとか、か?」

明良は首を振りながら笑った。

「だからそんな、大それたことじゃないんです。俺ね」

明良は言った。

「打ったことがないんですよ、サヨナラヒット」

「え?」

香取が意外そうな顔をした。

「ほんとに? だって……あるだろう、一回ぐらい。おまえはずっとレギュラーだったんだし、一〇〇〇本安打だって達成してるんだし。俺だってあるぞ、サヨナラタイムリー」

「ちょっと驚くでしょう。自分でも、どうして打ってないんだろうって不思議なんですよ。サヨナラのタイミングで打席に立ったことは何度かあるんです。でも四球で歩いたり、凡退したり、三振したり……何度思い返してみても、ないんですよ、一度も。俺、一度でいいからサヨナラタイムリー打って、それでヒーローインタビューを受けたいんです」

香取は笑い出した。

「そうかぁ、おまえ、サヨナラのヒーローになったこと、なかったんか。いや確かに、あれは気持ちいいからなあ。ものすごく多幸感があるというか……まあ忘れられないな、あれは」

「でしょう？　だから俺、やってみたいんです」

「なら今年中にやっちゃえよ。まだあと一ヶ月半、シーズンは残ってる」

「いや、俺、たぶん手術することになると思います。手首の痛み、ずっとあるんです。骨の一部がね、変形というか、なんか出っ張ってるらしくて。今までだましだましやってたんですが、思い切って手術して、来季に賭《か》けたいんですよ」

香取は驚いた顔で言った。

「今手術なんかしたら、それこそ戦力外だぞ。トライアウトだって間に合わないだろうが。他球団も、来季どうなるかわからない怪我人《けがにん》を拾ったりしない」

「そしたら浪人します。クラブチームで練習して、来年のトライアウトに出ます」

「塚田、冗談はよせ」

「冗談じゃないんです、本気です」

明良は言った。

「俺、本気です。どうしても打ちたいんですよ、サヨナラタイムリー。その為《ため》に手術してリハビリして、来年のキャンプまでには万全にしたいんです。医者とは相談しました。今手術すれば、来年の二月までにはバットを持てるだろうと言って貰えたんです」

「バットを持つだけじゃどうにもならんぞ」

「打ちますよ、俺。手首を治したら、昔みたいに打てます。どんなところで野球をやるにしても、打てるってことを見せてやります。それで必ずまた、リーグ戦の打席に立ちます。そして打ちます……サヨナラタイムリー」

あの時、あの子は言ったのだ。サヨナラヒット、打ってくださいね、と。


せっかくの野球教室なのに、わたしだけ走らなくてごめんなさい。

わたし、来週、手術するんです。

ちょっと怖いけど、また野球やりたいから、みんなといっしょに走りたいから、頑張って手術受けます。

早く治して、また野球やります。

サヨナラヒット、打ちたいんです。

四年生の時、九回の裏、ランナー三塁、ツーアウト。わたし、打てなかったんです。三振しちゃったんです。それが今でもすごく、すごく悔しくて。

だからどうしても打ちたいの。わたしのヒットで、試合が決まる。それをやりたいんです。

お願いがあります。

わたしがまた野球ができるようになるまでに、たくさんサヨナラヒット、打ってくださいね。

塚田選手のバットで試合を決めてください。

わたし観《み》てますから。テレビで観てますから。

テレビの前で、ばんざーい、って叫びますから！


約束したのだ。

明良は、うなずいた。

残り一ヶ月半の間に一本打ったってだめなんだ。あの子は、たくさん打って、と言った。

俺は約束した。たくさん打つよ、と。

一年、あと一年やりたい。一打席でも多く打席に立ちたい。そして、打ちたい。自分の一打で試合が決まる瞬間を味わいたい。

そう、俺は今、しがみついている。現役選手でいることにしがみつき、ぶざまにもがいている。

明良は、嬉しくなった。

ぶざまにもがいてしがみついて、俺はそれほどまでに、野球が好きなんだ。

そしてあの子ができなかった野球を、俺は今、できるんだ。

できるということの、この贅沢。

この、幸福。

「土下座して、給料いらないからって頼みます。来年一年、やらせてくれって」

「GMにか。あの人はけっこう浪花節《なにわぶし》だからな、おまえがそこまでしたら、意気に感じてくれるかもしれないな。けど楽観はできないぞ。最悪、ほんとに行くとこもなくて浪人ってことも、あるぞ」

「覚悟はしときます」

「そこまでしてこだわるのか、サヨナラタイムリーに」

香取はやっと笑った。

「いや、何かこだわる理由があるんだろうな。それは今、言わなくていい。おまえが納得して引退することに決めたら、記者会見のあとで一杯奢《おご》ってやるから、その時に教えてくれ。おまえの、やり残したこと、の本当の意味を」


本当の意味、なんて。

ただの未練ですよ。未練です。

約束を果たしたい、という名前の、未練です。

四分の三

1

「よっこらしょ」

うっかりそう口にしてしまって、南井龍一《みないりゅういち》はドキッとした。雑誌か何かで読んだことがある。よっこらしょ、と口から出るようになったら、からだも心もすでに老体だ、と。

ばかばかしい。

世間一般では、三十五歳はまだ若手だ。二十三から会社勤めを始めたとしたらやっと十三年目、中堅社員の仲間入りをしたかどうか、というところだろう。だがこの世界では、三十を過ぎればもうベテランと呼ばれ、いつ引退することになっても不思議ではない年齢なのだ。

それでも、チームの投手陣の中で最年長になるとは、さすがに思っていなかった。昨年の開幕時点では、龍一よりも年上の投手が四人もいたのに。

昨年の六月に、突然決まったトレードで、一つ年上が去った。十月の戦力外通告でまた一人去り、最年長だった百五十勝投手が引退。最後に残った龍一より二つ年上の投手が、秋季練習中に肘《ひじ》の靱帯《じんたい》断裂、手術してリハビリ生活に入るかそのまま引退するか去就が注目されていたが、結局引退になってしまった。

気がつけば、龍一がチーム投手陣の最年長である。

正直なところ、日々の練習がからだにこたえるようになっている。サボっていると非難されても、無理をして怪我《けが》でもしたらそれで終わりだ。コーチもそのあたりのところはわかってくれていて、適当に練習をはしょってからだを休めてもうるさいことは言わない。そもそも、高卒十八歳とプロ歴十八年目三十五歳のおっさんが、同じようにからだを動かせるはずがない。

とにかく、春季キャンプはきつい。

開幕まであと一ヶ月半、キャンプできちんと仕上げておかないと、シーズンに入ってしまったら試合と移動の繰り返しで一切の余裕がなくなる。若い選手たちは開幕一軍に残る為《ため》に必死で、とにかく張り切っている。ランニングでも無駄にスピードが出ているし、キャッチボールも力み過ぎ。だが彼らにとっては、コーチや監督にいかにアピールできるかが死活問題なのだから、多少のオーバーアクションは仕方ない。

龍一は、やたらと大声を出しながら走り回っている若い選手たちを見ると、とてつもなく羨《うらや》ましく感じる瞬間がある。もう一度十八歳に戻れるのなら、一から全部やり直したい。しかし、時は戻せないのだ。過ぎてしまった日々は還《かえ》って来ない。

若い頃《ころ》にもっと練習していたら、もっといろいろな球をおぼえていたら、もっと走り込んでいたら。

後悔することは尽きないけれど、今さら後悔しても得することもない。

それでもこの歳《とし》まで現役を続けられて、とりあえず最盛期と呼ばれた時期には年収も億に届いていた。美人でテレビに出るような女とも結婚できた。財布の紐《ひも》は女房に握られているので家の財政状況を正確には知らないが、引退しても十年くらいは困らずに生活できるくらいの貯金はあるはずだ。

俺は、成功者なのだ、と、龍一は唇を噛《か》む。成功者なのに。

この疎外感は、なんなのだろう。

グラウンドにいても、ロッカールームにいても、クラブハウスにいても。

自宅にいてさえも、自分の居場所がなくなってしまった、そんな落ち着かなくて心細い思いが脳裏から消えない。

被害妄想なのかもしれない。龍一は溜《た》め息《いき》をひとつついた。たぶん、俺はいろいろと疲れているんだ。だから被害妄想に陥っている。

「どうした？　気分でも悪いか」

コーチの桑本敬次《くわもとけいじ》が、独特のダミ声で話しかけて来た。桑本はまだコーチ歴丸二年、ようやくこの二月で三年目に入った。引退してすぐに二軍投手コーチに就任したので、まだ年齢は三十六歳、龍一と一つしか違わない。現役時代はタメ口で遊び歩いたチームメイトだが、今はコーチと選手、龍一も人前では敬語をつかうよう心がけている。が、ユニフォームを脱げば今でも飲み仲間だ。ただしそのことは、できるだけ周囲に知られないようにしていた。コーチが特定の選手と懇意にし過ぎているというのは、他の選手、特に若手の選手から見れば、不公平とか贔屓《ひいき》されているといった不満の種になる。

「いや、大丈夫です」

「寝不足なんじゃないか？　昨年までとホテルが変わったからなあ、ベッド、少し狭いよな。枕《まくら》はちゃんと持参してるんだろ」

「はい、俺、低反発じゃないとだめなんで」

「こっちはまだ寒いからな、寒いと筋肉が硬くなるから怪我につながりやすい。おまえ、なんで一軍のほうに参加しなかったんだ？」

　龍一のチームでは、三十代半ばを過ぎた選手は、沖縄の一軍キャンプで過ごすか、それとも二軍と共に宮崎で過ごすか、あらかじめ打診される。練習の密度や厳しさにはさほどの差はないのだが、一軍はマスコミの取材なども多く、マイペースで練習することが難しい。若手が走っているのに座って休んでいるのを見られれば、年齢的な不安があるなどと書かれてしまうこともある。だが一軍キャンプに参加するということは、来るシーズンも一軍でプレーする可能性が高いということであり、龍一のようにいちおうの実績がある選手が二軍キャンプにいれば、故障があるのか、体調が万全でないのか、などと勘ぐられることもある。

　迷った結果、龍一は宮崎の二軍キャンプを選んだ。一軍の投手コーチ二名はルーキーや若手の期待株の面倒をみるのに手いっぱいで、ベテラン組の練習に根気よくつきあう暇がない。龍一はこのキャンプで、少しフォームをいじってみたいと考えていた。

　だが、そのことをまだ桑本にさえ言い出せていない。フォームの改造は投手にとって大変な賭《か》けであり、失敗すれば今シーズンを棒に振る危険がある。しかも、一ヶ月やそこらで簡単にできるものでもない。本当なら昨年の秋季キャンプくらいから取り組んでいなければいけなかったのだ。今からフォームをいじるということは、開幕に間に合わないかもしれない、ということ。龍一は昨年、六勝五敗と一つ白星が多かった。先発投手としてはいちおうチームに貢献できた、ということだ。いや仮に負け越していても、六つ勝てたというのはけっこう大きい。首脳陣は当然、今年も六、七勝はしてほしいと期待するだろう。それが、怪我でも故障でもないのに開幕に間に合いません、では、下手をすると首脳陣の怒りを買う。

桑本を自分と首脳陣との板挟みにしてしまうことは、できれば避けたい、と龍一は思っていた。

「若い連中と一緒だと、サボれないっす」

龍一は言って立ち上がった。

「午後の試合、俺、投げるんでしたね」

「二回くらいだ。最初から行けるか」

「大丈夫っす。そのあと、筋トレであがってもいいっすか」

「構わないよ。今日は投手は試合後のスケジュールはないから」

桑本は少し声をひそめた。

「今夜、『花屋』行くか」

龍一は小さくうなずいた。

二軍キャンプは、宮崎市中心部の繁華街から車で一時間も走った片田舎に置かれている。設備の整った地元球場や付属施設を借り切ってのキャンプで、環境は申し分ない。だが周囲には古墳以外にこれといった観光地もなく、その為、町も小さくて店も少ない。昨年までは温泉施設の半分を借り切って宿泊場所にしていたのだが、施設の老朽化と、今どき畳に布団を敷いて寝る、というのが若手選手にウケが悪かったのとがあいまって（その上にホテル側からの営業攻勢もあったのだろうが）、今年から、町に一つだけあるビジネスホテルの全館貸し切りとなった。確かにベッドで寝られて、各部屋にバス・トイレが付いているのは手軽ではあるけれど、ベッドはシングルサイズで、がたいの大きい野球選手にはやや狭く、バス・トイレはユニットなのでこれまた窮屈、バスタブに湯を張っても膝《ひざ》を抱えて座らないと浸《つ》かれない。結局選手たちは、昨年まで泊まっていた温泉施設までタクシーに相乗りして風呂《ふろ》に入りに行っている。こういうところが一軍キャンプとは決定的に違う。

龍一も一昨年《おととし》までは当然のように一軍キャンプに参加していた。名の知られた一流ホテルに宿泊し、休みの前日は飲み歩き、翌日は素晴らしいゴルフコースでクラブを振った。ベッドも大きく、バスタブもそこそこ大きかった。さすがに大きなホテルなので貸し切りというわけにはいかず、同じホテルに野球解説者たちや熱心なファンなども宿泊していたので、ジャージでロビーや売店をうろうろするのは気がひけたが、その分、自分が「有名人」である、という高揚感は確かにあった。

が、二軍キャンプには、そうした華やかさや特別感はまったくない。気楽と言えば気楽、寂しいと言えば寂しい。だが昨年、腰に違和感があって一軍キャンプでは無理だと自分で判断し宮崎を選んでしまった時、ああ俺もそういう歳になったんだな、と思った。

見栄よりも現実、故障したら終わりだ。この歳でもし大きな怪我や故障をしてしまったら、リハビリする時間を球団が考慮してくれるとは思えない。いい機会だからと肩を叩《たた》かれて、引退までのレールがさっと敷かれてしまうだろう。ゴルフは好きだが、キャンプ中は二回までと決めた。若い頃のように、どんなに無茶をしても一晩寝れば回復、というわけにはいかない。当たり前のことだが、休みの日にはきちんと休み、筋肉が再生する時間を確保する。宮崎にもいいゴルフコースはたくさんあり、懇意にしている業界関係者からお誘いが来ることはあるのだが、ぐっと我慢している。

だがどうにも我慢ができないこともある。

飯と酒、だ。

ホテルで用意されている食事は、別にまずいわけではないが、特に美味《うま》くもない。ビュッフェ形式なので量はたっぷりあるのだが、龍一の年齢になるとそんなに量は必要としない。野球選手といえど過食は禁物で、カロリーを摂《と》り過ぎて無駄に体重が増えると怪我に繋がる。

もちろん栄養面もそれなりに考えられて用意されているのだろうが、いかんせん、酒がない。食堂ではビール以外の酒は禁止、龍一は焼酎《しょうちゅう》党なのである。

が、沖縄の一軍キャンプの時のように、チームメイトや友人、知人と連れ立って那覇《なは》の町に繰り出し、美味いものを食べていい酒を飲む、ということがそう簡単にはできないのが、この田舎町だ。そこそこのものを出す店は数えるほどしかなく、鰻《うなぎ》屋と蕎麦《そば》屋が一軒ずつ、ピザやらスパゲティの店が一つ、ファミレスが一つに、居酒屋が三つ、それだけである。あとはせいぜい、〆に茶漬けを出してくれるスナックが三、四軒と、ショッピングモールのフードコートでたこ焼きやらハンバーガーやら、では話にならない。

しかも、二軍選手好きの熱心なファンがこの小さな町に宿をとり、同じように夕食を求めてうろついている。どの店に入っても、ユニフォームを着たりマスコットをデイパックにぶら下げたりしているファンと鉢合わせになってしまうのだ。話しかけられれば無視もできず、サインを求められれば断るのもばつが悪い。ファンの存在はありがたいものだが、飯を食ってる時くらいはほっておいてくれ、と言いたい。が、そんなことを言えばインターネットに書きまくられて叩かれる。

そんな中、居酒屋三軒の中で一軒だけ、個室がある店があり、それが「花屋」であった。料理の味はとりたててどうということもない普通の居酒屋だが、焼酎の種類はけっこうおいてあるのが龍一にとっては嬉《うれ》しい。

温泉に寄ってひと風呂あびてから、タクシーで「花屋」の店先につけた。個室は入ってすぐ右に折れた廊下のつきあたりにある。レジ前にいた店員は龍一の顔を知っているので、すぐに案内してくれた。

障子を開けると、畳二枚分ほどの小さな個室の掘りごたつに先に収まっていた桑本が片手をあげた。

「あ、俺、遅れましたか。すんません」

「いや、俺が早く着いたんだ。とりあえず生でいいか」

桑本はジョッキの生ビールを二つたのみ、メニューを開かずに、枝豆、たこわさ、梅きゅうり、と三品を注文した。三品とも龍一が好きなつまみだ。桑本は昔から、やけに細かな気遣いのできる男だった。現役時代の実績は超一流、というほどではなく、プロの投手としては成功した選手だが、スター、というわけではなかった。先発投手だった頃には二ケタ勝ったこともあったが、肘の手術をして復帰してからは中継ぎ専門、ロングリリーフができるのでチームへの貢献度は高かったが、派手に活躍することはないまま引退した。

龍一は、正直なところ、自分のほうが選手としては桑本よりも上だと思っている。だが桑本は首脳陣からの信頼が厚く、若手選手からも慕われている。気配りができて面倒見がよく、口が堅い。そうした資質は、自分には足りないものだ。

俺が引退してもはたして、コーチでお呼びなどかかるだろうか。

「その障子閉めたら、普通に喋《しゃべ》ってくれよ」

「いやまあ、急にモード変えるのも面倒なんでいいじゃないすか、コーチ」

「やめてくれ」

桑本は軽くジャブを龍一の頰《ほお》に当てた。

「以前のノリでやろうや」

「了解」

龍一は言って、届いたジョッキを桑本と打ち合わせた。


「おまえ、なんか悩みでもあるんか。最近ボーッとしていること、多くないか」

「まあ、悩みと言えば悩みかなあ……カミさんがね、またテレビのレギュラー増やしちゃって」

「ああ、おまえの奥さん、最近よく出てるよな、テレビ。しかし羨ましいなあ、あんな美人で料理研究家だなんて。そうか、おまえが元気ないのは、カミさんの手料理が食えないからか」

龍一は笑ってビールを喉《のど》に流し込んだ。

「クワさんだって知ってるだろ。俺は貧乏舌なんだ、カミさんが作る料理は上品過ぎて物足りない。それに家に帰ったって、カミさんのほうが忙し過ぎて俺に手料理作ってる暇なんかないし」

「でも売れっ子なのはいいことじゃないか。カミさんががっつり稼いでくれてるなら、それだけでも気が楽だろう。うちなんか現役からコーチになって収入半分だぞ、上の子は私立中学受けるなんて言ってるし、学費をどうしようか頭が痛いよ。三人目がまだ赤ん坊だから、女房が仕事に復帰できるのはまだ先だしな」

「奥さん、保育士さんだったっけ」

　桑本はうなずいた。

「おまえのカミさんみたいな美人じゃない、平凡な女だよ」

「そういうこと言うなよ、ファンに手を出したくせに。つきあい始めた時、まだ高校生だったろ」

　龍一が言うと、桑本は口に指を当てた。

「それヤバいから、女房の親も知らないんだからな、ぜったい漏らすなよ。あいつが保育士の専門学校に通ってる時に知りあったことにしてあるんだから」

「追っかけのＪＫをモノにするんだから、クワさんもけっこうエグイよな」

「合コンで引っかけたモデル女から、その子の友人の料理研究家に乗り換えたおまえほどはエグくない」

「人聞きが悪いなあ。乗り換えたんじゃなくて俺のほうがフラれたんだぞ」

「嘘《うそ》つけ」

「ほんとだって。あの娘《こ》はむちゃくちゃ上昇志向が強くてさ、野球選手なんかじゃ満足できなかったんだよ。ましてや俺ぐらいじゃなあ。最低でもマー君とかマエケンクラスを狙《ねら》ってたんだと思う」

「最低でもって」

「マジだって。ああいう女は、年収が一億程度じゃ足りないんだよ。つきあってみてすぐに、俺とは住む世界が違うな、と思った。それに比べたら今の女房はまだ、庶民の俺に合わせてくれるだけマシだった」

龍一は、あーあ、と溜め息をついた。

「マシだったんだけどなあ」

「まさか、うまくいってないのか」

「……うまくいってない、というわけじゃないんだ。喧嘩《けんか》してるわけでもないし、LINEはちゃんと既読になるし、電話もたまにかかって来る。たぶんキャンプ中に一回くらいは宮崎まで来てくれると思う」

「なら問題ないじゃないか」

「問題はないよ。トラブルもない。けど……愛もない……のかもしれない、もう」

「……カミさん、浮気でもしてるのか？」

「だったらこんなにまったり悩んでなんかいない。さっさと問い詰めて、浮気を認めたら離婚する。でもそういうのとも違うんだ」

「さっぱりわからんな。おまえ、かなり贅沢《ぜいたく》な愚痴こぼしてるって自覚はあるのか？　綺《き》麗《れい》で金も稼げる女を妻にしてるのに、それ以上あれこれ望むとバチが当たるぞ」

「わかってます。わかってますよ。で、俺の女房のことはおいといて、今夜ここに誘ってくれたのはどうしたわけ？」

「うん」

桑本はメニューを広げた。

「鯖《さば》が食いたいな。それと厚揚げ焼いたの。おまえは、何か食いたいもんあるか？」

「板わさあったら頼む。そろそろ焼酎にするから」

「リチャード、戻って来ないみたいなんだ」

「え？」

リチャード・クロウは外国人投手で、昨年はセットアッパーとして活躍した。契約更改で今年もチームに残ることが決まったはずだった。だがアメリカの実家で何か不幸があったらしく、年末に帰国したまま戻って来ていない。キャンプに不参加ということになれば、シーズン前に契約解除になる可能性もある。

「詳しいことはまだ上から説明されてないいんだけど、結局退団になりそうだ」

「……そうなると、後ろが一枚足りなくなるな」

「この時期から外国人探しても、ろくなのは残ってないだろうしな……開幕までには代案を考えつく必要があるだろうな。一軍のことは俺にはよくわからんが」

桑本は、自分の分のハイボールと、龍一の焼酎を注文してから、個室の壁に背中を預けてよりかかった。

「正直なとこ、今すぐ下から上げて開幕までに一軍レベルに仕上げられそうなのは、仲里《なかざと》くらいだ」

「亮太《りょうた》か？　しかしあいつはドラ三だぞ。先発要員として育ててたんじゃなかったのか」

「もちろんそうだ。大卒のドラ三で、スカウトの判断は先発向き、だった。そのつもりで丸一年丁寧に指導して来た。しかしチーム事情であれば、上で中継ぎで使うのも仕方ないだろう。ドラ一ならともかく、三番手で、しかももう今年で二十四になる。呑気《のんき》にやってる暇はない。ほんとなら今年は一軍のキャンプに呼ばれていないといけなかったんだ」

「上から呼ばれない理由があるんか」

「結果が物語ってるよ。昨シーズン、下の公式戦には十回先発させた。それで二勝四敗。下の試合だからもともと完投させる予定はないんだが、それでもいけるなら七回までは投げさせるつもりでマウンドに立たせてる。だが、勝った二試合も六回どまり、四敗は三、四回まではよかったのにそのあと打たれるパターンだ。勝ちも負けもつかなかった四試合は、いずれも打たれて降板したあと逆転して負けが消えてる」

「……四回くらいまでは調子よくて、そのあと打たれる。……二巡目にはつかまってる、ってことか」

　桑本はうなずいた。

「いろいろ原因は考えられるんだが、要するに緊張感が長続きしないタイプなんだろうな。

まあ場数を踏めばペース配分もわかって来るだろうし、投球術をおぼえればつかまらずにかわすこともできるようになるだろうから、俺はそんなに深刻には考えてないんだけどな。でも上は一日も早く仲里をつかいたいだろうし、中継ぎで上げてみる、ってこともあるかもしれんな」

「ちょっともったいないけどなあ。ま、俺としては先発候補があまり多過ぎると出番がなくなるから、どっちでもいいっちゃいい話だけど」

桑本は、考え込むように下を向いた。それから顔を上げて龍一を見た。

「おまえ、フォームいじるつもり、あるのか」

龍一は驚いた。

「……なんでわかった？」

桑本は薄く笑った。

「おまえのやってること見てたら、なんとなくわかるよ。キャッチボールのたびに足の高さやためをつくる長さを変えてる。ひとりでぶつぶつ言いながら足を踏み出す動作を繰り返したりもしてる」

「さすが、コーチ様だなあ」

龍一は頭を下げた。

「すんません、黙ってて。こんなぎりぎりになってフォームいじりたいなんて上の耳に入ったら、やっかいでしょ」

「まあ、そうだな。おまえのことは上も、今年も先発ローテで考えてるだろうし」

「どうだろね。今のとこ四人は堅いでしょ」

「おまえ自身はどうなんだ。先発へのこだわりはあるんか」

「こだわりと言えばまあ、こだわりかな」

龍一は肩をすくめた。

「クワさんが相手だから本音言っていいかな。俺さ……一日でも長く現役でいたいんだよね」

「そんなことは、選手なら誰でも思ってるだろ」

「この歳になると切実っす。今になって、野球野球で他のことなんにもして来なかったこと、後悔してる。今年はまだ野球ができるけど、来年はどうかわからない。コーチだのバッピの口だの、そうそう用意して貰《もら》えるわけじゃないし、解説者で食っていけるほどの有名選手でもない。現役引退したら俺、ほんとになにものでもなくなるというか、存在価値があるのかっていうか。カミさんが仕事で成功してなけりゃ、何をやってでも俺が稼いで食わせてやらにゃって気持ちにもなるんだろうけど、あいつはもう、俺なんかに食わして貰わなくても充分やっていけるしな。俺……こわいんだ。自分がなにものでもなくなる、ただの、学歴も資格もない三十代半ば、そろそろ中年って呼ばれる歳になってさ、何もないオヤジになっちゃうのが。どっちみちいつかは引退してそうなるんだけど、それまで一分一秒でも長く、野球選手、って看板を背負っていたい。だからさ、クワさん、先発でいたいんだよ。中継ぎはきつい、毎試合毎試合肩をつくって、野手でもないのに週に一度しか休めない。体力の消耗度が違う。先発なら中四日でまわったとしても、投げるのは週に一度。投げた翌日は軽い調整で、翌々日は丸々休めるし、投げる予定がない遠征には行かないでも済む」

「まあそうだな。俺も先発でいられたら、あと数年は現役ができたかもしれない。けどまあそれも、かもしれない、ってだけの話だ。先発だから中継ぎよりは長持ちする、ってのも、誰にでも当てはまることじゃないしな。おまえは結局、心配してるのは体力的なことだけなんだな？　中継ぎで投げること自体には、そんなに抵抗はないと」

「心理的な抵抗ってだけなら、まあたいしてないな。これまでも何度か投げたことはあるし、この歳で先発にこだわってるからと言って、勝ち星で何かの記録に到達できそうにもないしなあ。四十まで投げたって、百勝までも届かないよ」

「しかしおまえがやろうとしてるフォームの改造は」

「改造、ってほどの大げさなもんじゃない」

「ちょっとでもいじれば立派に改造だ。で、足の上げ方や体重移動にこだわってるところみると、球速か、おまえが問題にしてるのは」

「何もかもお見通しなんだなあ」

龍一は、ぐい呑《の》みの焼酎を口に放《ほう》り込んだ。

「この歳になって球速が劇的に上がるとは思わないよ、俺も。でも、もうあとちょっと、

146、7くらいは出るようになるんじゃないかな、ってさ」
「もともとはおまえ、150㎞／h超えの速球派だもんな」

「まあこんなこと、コーチのあんたに言うのは釈迦《しゃか》に説法だけどさ、結局、打者がいちばん嫌なのは、球が速いってことなんだ。遅い球は工夫すれば攻略できるけど、速い球は工夫だけではどうにもならない。俺がなかなか勝てなくなったのも、球速が落ちたせいなのは誰にだってわかってることだろ。でもその俺に、以前ほどでなくてもそこそこ速い球がまだ投げられるってわかったら、打者もそれなりの警戒はしないと打てない。打てないかも、と思われるだけでもいい。去年の録画を調べてわかったんだ。いつのまにか下半身が衰えて、足の上がりが低くなっていた。タイミングのとりかたも、速球派だった頃とは違ってしまってる。そのあたりを少し改善、というか、元に戻してやるだけでも、あと二、三キロはスピードが上がると思うんだ」

龍一は声を落として言った。

「俺、今年も五勝はしたいんだよ。ローテ守って五勝すれば、クビ切られずに済む。まだ引退したくないんだ」

桑本は腕組みし、目を閉じて壁にもたれたままだった。まさか眠っちまったのか、と心配になりかけたところで、やっと目を開けた。

「おまえの問題は、スピードじゃない」

桑本は言った。

「確かに球は速いほうがいい、それはそうだが、１４３㎞／ｈがＭＡＸの今のおまえが仮に１４６㎞／ｈ出せるようになったとしても、それで勝ち星は増えないよ。自分でわかってると思うがあえて言う。おまえの場合、ベテランにしては四球が多過ぎるんだ。おまえの問題は微妙なコントロールだ。決してノーコンじゃないのに四球を出してしまうのは、決め球の微妙なコントロールに正確さを欠いているからだ」

「適度に荒れるのは昔からだよ。狙い球が絞られ難いのは俺の利点のはずだ」

「ああ、それで三振がとれるなら、な。最後の一球で昔のように１５０㎞／ｈを超える高めの速球が投げ込めるなら、相手は空振りしてくれる」

「だからスピードが問題なんだろう」

「違う。１４６㎞／ｈどまりなら、空振りはして貰えない。高めのストレートならスタンドに運べる。だが際どいコースで見逃し三振を狙うには、おまえのコントロールはアバウト過ぎる」

「今さらコントロールなんか、どうにもなるもんか」

「なるよ」

　桑本は言った。

「腕を下げるんだ。少しでいい……四分の三、から投げ込む」

龍一はぐい呑みを手にしたまま、桑本を凝視した。

「……マジで言ってる？」

「真面目《まじめ》だよ。おまえの昨年の投球録画を全部観《み》たんだ。おまえのコントロールが昔に比べてさらにアバウトになったのは、大きく振りかぶる時の腕の動き、上半身の動きを下半身が受け止め切れてなくて、軸がぶれるからだ」

「だったら下半身を鍛えれば」

「おまえは二十代じゃない。筋トレで部分的に下半身を鍛えることができたとしても、筋肉を制御する全身の力、バネは、昔の状態に戻すことは難しい。下手に筋トレばかりすれば体重が重くなって膝に負担がかかるし、フィールディングにも影響が出る。トレーニングはもちろん必要だが、下半身の筋肉を強くするだけでは、おそらく問題は解決しないよ。それより、腕を下げ、コントロールの精度を上げるんだ。どっちにしたってセットポジションの時には、おまえの腕は真上まで上がってない」

「それは足の上げ方のせいだろう」

「どうしてスリークォーターを嫌がる？　おまえだってとっくに気づいてただろ、腕を下げれば体力的にも少しは楽になる、バテるのが遅くなる。なのにおまえはずっと、オーバースローにこだわり続けてる」

「当たり前だ！」

龍一は、拳《こぶし》でテーブルを叩いた。

「俺は本格派なんだ！　フルワインドアップで全身の力を球に伝えて投げる、それが俺のスタイルだ！　そのスタイルが貫けないくらいなら……」

「引退したほうがまし、か？」

「……ああ」

「軽々しく言うな。おまえはわかってない。俺は今だって、現役に戻れるものなら戻りたいよ。コーチはやりがいのある仕事だが、やりがいのある仕事をしている普通の人、以上でも以下でもない。だが、選手は特別な存在なんだ。選ばれし者、なんだよ。おまえはさっき、一日でも長く現役でいたいと言った。切実にそう思っているのが伝わって来た。だからあえて言ったんだ。おまえが選手生活にたいした未練もなく、あと一、二年持てばいい、と考えているなら、おまえにアドバイスなんかしやしない。俺より選手としての実績もあり、キャリアも積んでるおまえのことは、おまえ自身がいちばんよくわかってるんだしな。だが、本気で、心から、一日でも長く現役でいたいと思うなら、腕を下げろ。コントロールの精度を上げるんだ。それに腕を下げればスライダーも効果的に使えるようになる。シュートも利いて来る。たぶんおまえは今季、中継ぎで使われるはずだ。中継ぎの生命線はコントロールだ。ランナーが塁にいる状態でマウンドに出て行った時、四球は致命傷になる」

「俺は……中継ぎになるのか」

「こんなことぺらぺらおまえに喋ったなんて上に知られたら、俺がクビになる。頼むから俺から聞いたってことは忘れてくれ」

「当たり前だ。殺されてもあんたの名前は出さないよ」

「ありがとう。それならバラすが、リチャードが戻って来ない以上、セットアッパーがどうしても必要になる。上は仲里かおまえのどちらかを、キャンプ後半から沖縄に呼んでセットアッパー要員にするつもりだ。俺はとりあえず仲里を推薦しようと考えているが、おそらく仲里はまた先発に戻される。それでなくてもローテの枚数が足りないんだ、どうせ上で使うなら先発させるだろう。交流戦明けあたりがその時期になる。前半戦の最後のほうで仲里が先発に戻った時、おまえがセットアッパーとして上がるんだ。それまでの時間があれば、腕を下げたフォームが固められる」

「嫌だ」

　龍一は言った。

「腕は下げない。四分の三なんてまっぴらだ。俺は高校の頃から本格派で通して来た。腕を下げたら１４３㎞／ｈだって出るかどうかわからない。今よりマシになる保証なんかどこにもないじゃないか」

「球速を上げる改造だって同じことだろう」

「マイナーチェンジだよ、マイナーチェンジ。だめならすぐに元に戻せばいい。だがスリークォーターにしちまったら、簡単には元に戻せないんだ。確かにスリークォーターはコントロールがつけやすい。だが球速が落ちたら今より打たれるようになる」

「力で抑えようとせず、タイミングでかわすんだ。どんな本格速球派でも、歳をとればスタイルを変えざるを得なくなる。かわすピッチングにはコントロールがいいことが必要だ」

「俺は」

龍一は一万円札をテーブルに放って立ち上がった。

「俺のままでいたい。俺のままでいられないなら、引退するだけだ」

龍一は外に出て、田舎町の小さな繁華街をあてもなく歩き、目についたスナックに入ってカウンターに座った。

ビール、と言った途端に、悔し涙がこぼれて落ちた。

2

翌朝は軽く二日酔いだった。それほど量を飲んだわけではないのだが、楽しくない酒はからだに悪い。

だがフォーム改造の件でくよくよしてやけ酒を飲んだ、というのも少し違うな、と龍一は昨夜の自分について思い出していた。

確かに悔しい思いはあったし、桑本にも腹を立てた。が、入ったことのないスナックのカウンターで瓶ビール一本あける頃には、野球のことよりも妻のことのほうが龍一の憂鬱《ゆううつ》と憤懣《ふんまん》の対象になっていた。

妻の祥子《さちこ》は確かに見た目がいい女だ。顔に惚《ほ》れたんだろう、と言われたら、否定はできない。女優志望でタレント活動をしていた時期もあり、本人も自分が美人であることを認識して生きている。だが顔が綺麗《きれい》だというだけでは、タレントとしても女優としても成功はできないものらしい。

猛アタックをかけて祥子に結婚を承諾して貰った時は、自分が幸福の絶頂にいると信じて疑わなかった。ある意味それは正しかったのだ。そう、あの時が絶頂で、そのあとは下るだけになった。

平凡な男だと笑われても、龍一は子供が欲しかった。自分の遺伝子を受け継いでくれる子供がこの世にいる、というだけで、自分が生まれて来たことに絶対的な価値が生まれる、そんな気がしていたのだ。だが祥子は、今はまだ欲しくないの、と言った。そして未《いま》だにそう言い続けている。祥子自身、今年で三十四。遅すぎるというわけではないが、早いわけでもない。産むつもりがあるのならば、もうのんびりしていられる歳《とし》ではない。

結局、祥子には子供を産むつもりはないのだ。彼女にとって、今大切なものは仕事だけ。もともと祥子が結婚を承諾したのは、自分がプロ野球選手だったからだ。そう龍一は思っている。彼女のキャリアにとって、俺の知名度が必要だったからだ。実際、プロ野球選手の妻、という肩書きを、祥子は最大限利用した。夫の健康を食生活で支える妻、という大衆受けする構図の中で、愛情だけでは健康は守れません、お料理には知識が必要、とかいうコピーを掲げ、わかりやすい栄養学と作りやすいレシピを結びつけた彼女の本は大当たり、ビジュアルの良さにテレビ局が飛びついて、あれよあれよという間に人気料理研究家、になってしまった。

そのことに不満があるわけではない。むしろ、龍一もそんな祥子を誇らしく思っている。夫の肩書きを利用したとは言え、祥子は祥子なりに努力したのだ。

ただ、試合の後でくたくたになって家に帰った時、せめて一言二言、妻と言葉を交わしたいと思うだけだ。だが祥子は、朝のワイドショーに料理コーナーを持っているので、毎朝六時にはテレビ局からの迎えの車に乗ってしまう。当然ながら、ナイターの試合が終わって龍一が家にたどり着く頃には就寝してしまっている。彼女が朝番組に出るようになって、龍一は野球用具を置いてあった予備の部屋にベッドを移した。

二人とも仕事を持っているのだから、それを尊重し合うのは当たり前のことなのだろう。けれど、滅多にないお立ち台に上がった夜でも、おめでとう、と一言妻から貰えない、いったい何の為に一緒に暮しているんだろう。

俺は狭量な人間なのかな。

龍一は、部屋の冷蔵庫から栄養ドリンクを一本取り出し、一気に飲んだ。

食欲がないので朝飯は抜こう。栄養ドリンクにはかなり糖分が入っていてカロリーもそこそこあるから、これを三本も飲めば午前中の練習はなんとかこなせるだろう。有名な料理研究家を妻に持っていたところで、俺の食生活なんかこんなもんだ。ついでに頭痛薬を一錠。

離婚、の二文字がまた脳裏をよぎった。

本当に祥子と離婚したいのか。できるのか？

正直、離婚問題で祥子と揉めるのは嫌だった。祥子は賢い女性で、そして敏感だ。龍一はそれを考えると胸に痛みをおぼえる。夫婦の関係が、もう修復困難なところに来ていることは、彼女も充分わかっているはずだ。そしてこちらの気持ちも理解している。今や、選択をするのは彼女なのだ。だが彼女が何も言わないのは、離婚する気がないからだろうか。それとも、離婚の条件を考えているということか。いずれにしても、今以上に強引にことを進めるつもりは龍一にもなかった。祥子のほうから離婚すると言い出してくれるなら、最大限、できることはする。無一文になる覚悟もないわけではない。だが金だけで済むことだとも思えないし、事を急いで祥子の気持ちをこれ以上傷つけた時の、彼女の反応が怖い。祥子は気が強い上に、かなり執念深いのだ。結婚三年目に、遠征先の地方都市でスナックに入り、そこの女の子と意気投合、つい気がゆるんで浮気してしまったことがある。脇が甘かったのだが、その子と二人で撮った自撮り画像を携帯の中に残していたのがまずかった。そのことを忘れて、ついうっかり、名古屋遠征に向かう新幹線の中で、携帯を自宅に忘れて来たことに気づき、その日の夜に仕事で名古屋入りする予定だった祥子に、携帯を持って来てくれるよう頼んでしまった。しかも、パスワードも設定せずに。
　画像は発見され、一悶着《ひともんちゃく》あり、祥子の尋問についつい、浮気したことまで認めてしまった。そしてそれ以来、龍一の大好物であるイカの塩辛が食卓にのぼったことがない。それ以前は、わざわざ築地まで出かけて新鮮なイカを買い、自分で内臓を塩漬けにして作った自家製の塩辛が祥子の自慢だったのに。たまに市販のものをこっそり買って来て食べているのだが、冷蔵庫に残したものは必ず捨てられている。祥子の作るイカの塩辛は本当にうまかった。あれをもう一度食べさせてくれるんだったら、離婚なんてぜったい考えないのになあ。

　バックパックに必要なものを詰め込んで、龍一はホテルから走り出た。選手用の送迎バスはまだ来ない時刻だが、早練組はもう出発している。キャンプが行われている市営野球場までは走って十分。ウォーミングアップにちょうどよかった。昨夜の酒も、汗で適度に流れてくれる。送迎バスはあまり好きではない。試合で遠征する時は乗らないで別行動など許可されないが、それ以外はできるだけ、自腹でもタクシーを使うか、走る。送迎バスが苦手なのには理由がある。バスの座席はだいたい決まっていて、龍一の席の横が、同じ投手の坂上瑛士《さかがみえいし》なのだ。坂上のことが嫌いというわけではなかったのだが、愚痴の多い性格でいわゆるネクラ、坂上がぶつぶつと文句を言うのを聴いていると気が滅入って来る。

南国宮崎とはいえ、二月初旬の風は冷たい。球場は丘の上にあるので、町を横切ったあたりからは坂道になる。

龍一は走ることが好きだ。息があがってしまうくらいの厳しい勾配《こうばい》を走って登ると胸や脇腹に痛みを感じることもあるが、それでも走ることの苦痛は嫌いじゃない。

冷たい風は走ってあがった体温を適度に冷やしてくれ、道端に早々と黄色のタンポポの花が咲いているのを見つければ、ちょっと得をした気分にもなった。

ふと、自分のものではない足音が背後から近づいて来るのに気づいて振り返った。


女？

……速いな！


二十代の後半かもう少し上だろうか、短パンから伸びた脚にはぴったりとしたランニングタイツを穿《は》き、シューズも本格的だ。

その女性の走る速度は、明らかに龍一よりも速い。見る間に近づいて来る。

フォームがとてもきれいで無駄がなく、足で地面を蹴《け》る力も強そうだ。素人じゃないな、と龍一は思った。

「おはようございます」

龍一に追いついて追い抜きざまに、女性が明るい声で挨拶《あいさつ》してくれた。

「あ、どうも。おはようございます」

「キャンプ、大変ですね。頑張ってくださいね。ではお先に失礼しまーす」

女性は特に速度を上げるというのでもなく、一定のリズムを保ちながら軽く龍一を追い越してどんどん離れて行く。一瞬、追いかけてみようかと思ったが、相手の速度を考えてやめておいた。

どこかで見たことある人なんだけどな。

龍一は思い出そうと頑張ってみたが、思い出すことができないまま坂道をのぼり切って球場に着いた。

球場にはもう何人か若手の選手がいて、ファームマネージャーの月島康介《つきしまこうすけ》もジャージの上からスタジアムコートを羽織って立っていた。

「早いっすねー、南井さん」

「康介こそ、随分早いじゃないか」

「今日、陸上用のグラウンドが使えないんですよ。ストレッチとか走り込み、サブグラウンドでやって貰うことになるんで、ちょっとその準備があって」

「使えないって、なんで？」

「明日、マラソン大会があるんですよ」

「明日は俺たちは練習休みだから、関係ないだろう」

「それが、今日がリハーサルってゆーか、大会運営の人たちがいろいろ準備したりするらしいんです」

「ふーん」

龍一は、陸上トラックのほうに目をやった。球場とは別に陸上用トラック、サブグラウンド、テニスコートなど、敷地内には立派なスポーツ施設がいくつもある。そのトラックでは、十五、六人ほどの人々が何やら作業していた。

「じゃあ今日は、トラック使えないんだな」

「そうなんです。柔軟とか準備体操は室内で、サーキットはサブで、あとラン中心のリハビリ組は、周回道路を走って貰うことになりますね」

あれ？

トラックに立っている一人の女性に、龍一は目をとめた。

「……さっきの女だ」

「え、知りあいですか」

「いや、さっきここに来る途中で追い越されたんだよ。女だけどすげー速い」

「あ」

康介はその女性を見て、驚いたように言った。

「あれ、工藤恵梨香《くどうえりか》じゃないですか」

「くどうえりか？」

「ほら、元オリンピック候補の！　大阪女子マラソンで、一秒差で日本人二位になっちゃって、オリンピックには日本人一位の滋賀恵子《しがけいこ》が行って」

「滋賀恵子なら知ってる」

「滋賀恵子よりオリンピックに近いって言われてたんですよ、工藤恵梨香。俺、どっちかっつーと工藤恵梨香のほうが好きだったんでがっかりしたなあ」

「女子マラソンにはあんまり興味ないからなあ……でもそうか、元オリンピック候補なら速いはずだ」

「不運な人ですよねえ、工藤恵梨香。三回オリンピック候補になったんですよ、最初はまだ大学生の時で、俺と同じ歳だからあの頃十九くらいかな」

「康介は高卒入団だったっけ」

「ドラ五です。かろうじてひっかかった、って感じで。でもあの頃は自分の能力を過信してましたからね、いつか一軍のレギュラーとれると思ってた。無我夢中で過ごしてたルーキーイヤーでした。その頃に女子大生ランナーで颯爽《さっそう》と世に出て来て、初マラソンで名古屋で入賞したんです」

「おまえ、詳しいなあ」

「マジでファンだったから」

康介は頭をかいた。

「美人ランナーで人気もあったんすよ。南井さん、ほんとに憶《おぼ》えてないんですか」

「いや、そう言われたらなんか、可愛《かわい》い女子大生がマラソンでオリンピックに行けるんじゃないか、って騒いでたような気がするな。でも結局、駄目だったんだろ」

「その年はあと一回、選考大会があったんですよ。でもそっちでは失敗しちゃって途中棄権だったんですよ。で、四年後は企業に入ってて、今度こそ本命だと言われてたんです。なんか、彼女のマラソン人生って俺の野球人生と妙に重なるんですよね。その年の選考会ではいい記録出したんですよ。でもマラソンってほら、出場できるのは三人なのに、選考会が四つあるじゃないですか」

「ああ、世界陸上か何かが選考シーズンの前にあるんだっけ」

「そうなんです。そこで日本人一位だとそのまま内定しちゃうんですよね。で、残り選考レースが三つあるのに、枠は二人で。そのうち一つにちゃんと勝ったんですよ、彼女。でも選考結果で落選です。実績とか経験とか、そういうもので落とされちゃって。で、その年の秋に俺、戦力外になったんですよね……」

康介は、ひとつ溜《た》め息《いき》をついた。

「まだ二十三でしたよ、俺。なんか途方に暮れちゃって。でも球団から、用具係として残らないかと話を貰って、正直ホッとしたなあ。裏方でもなんでも、とにかく野球にかかわっていられるし。俺みたいな野球バカ、ほんと潰《つぶ》しが利かないから」

「康介はよくやってくれてるよ。球団もちゃんと見てるから、マネージャーにしたんだよ」

「ありがとうございます。それでまた四年が経《た》って、俺、一昨年《おととし》からマネージャーさせて貰ってるんですけど、工藤恵梨香、もう一度チャレンジしたんですよね。前のオリンピックの年に一度現役引退して、大学院に入って勉強してたのに、復帰してもう一度オリンピック目指すって。俺、感動したなあ。不屈の闘志ですよね。でも三回目の挑戦も、彼女は敗れてしまった。一度の選考会に懸《か》けて出場した大会で、二秒差の二位。それでもタイムが良かったんで、かすかに望みはあったんですよ。しかし結局、また落選。ただ、今度は引退を表明してないんです」

「まだ現役アスリートなのか」

「彼女の真意はわからないですけどね、俺、もう一回チャレンジする気があるんじゃないか、って思ってるんですよ。次のオリンピックは東京ですからね、チャレンジする価値はありますよ」

「でも彼女もそろそろ三十代だろう」

「マラソンは三十過ぎてもやれますよ。彼女のマラソンランナーとしてのピークは、もしかしたらこれから来るのかもしれない」

　トラックが使えないのは少し不便だったが、投手陣はブルペンでの投げ込みが練習の中心で、あとの時間は球場でバントや打球処理の練習、午後はひたすら走るだけだった。

いつもはトラックを何周もまわるのだが、この日は球場や諸施設がある運動公園の外周道路を走った。外周は車道と歩道に分かれていて、歩道には地元の人々が歩いている。犬を連れて散歩している人も多い。

そういう中を一定のペースで走るのはけっこう骨が折れた。からだが接触したりすれば、相手が転倒して怪我《けが》をするかもしれない。

朝食は栄養ドリンク、昼食も軽く菓子パンを食べただけだった。下手に胃に食べ物が残っていると吐いてしまう。

だが空腹を感じているので下腹に力が入らず、地面を蹴る自分の足の裏も頼りなく感じる。

なまけ心がむくりと頭を持ち上げた。周回道路にはコーチの姿もなく、どのくらいの距離を走るかは自分の裁量次第だ。適当なところで切り上げて、タクシーで温泉に乗りつけよう。

足を停《と》めようとしたその時、軽く微《かす》かな足音が背後から聞えて来た。

振り返らなくてもわかった。朝、ここに向かう途中で聴いたのと同じリズムの足音。

明るい声が背中にかかった。

「こんにちは」

「今日は陸上トラックが使えなくてご不便おかけしますね」

工藤恵梨香はいいテンポで龍一を抜いて行く。龍一は思わず速度を上げ、恵梨香に並走する。

　恵梨香は少し驚いたような表情になったが、すぐにやわらかく微笑《ほほえ》んだ。

「すみません、ご迷惑ですか。なんか退屈して来たんで、並走させて貰えたらと思って」

「流しているだけですから、大丈夫です」

　流しているだけ。

　龍一は呆《あき》れた。龍一自身は会話をすると息が切れそうなのに。さすがにオリンピックレベルのランナーは違う。

「工藤恵梨香さん、ですよね」

「あ、知っていてくださったんですか」

「……女子マラソンにはあまり詳しくないんですが」

「三度もオリンピック逃したなんて、記憶に残っちゃいますよね」

　恵梨香は朗らかに笑った。

「……また挑戦されるんですか、オリンピック」

「まだ決めてないんです。今はこうやって、故郷のスポーツ振興のお手伝いなんかしてるのが楽しくて」

「大学に戻られたんですか」

「ええ。四月から博士課程です」

　喋《しゃべ》ってもまったく息が乱れない。

「何を勉強してらっしゃるんですか」

「スポーツ社会学です」

「難しそうですね」

「わたしも学部生だった頃は、陸上ばっかりやってて授業はあまり出られませんでしたよ。ロンドンの代表を逃して、マラソンはしばらく休もうと思った時に大学院に入りたいと思って猛勉強開始して、勉強もちゃんとやらなかったこと後悔しました」

「でも合格したんだからすごいです」

「あの、わたしこれでクールダウンに入りますのでどうぞお先に」

「いや、自分も」

龍一は恵梨香に合わせて速度をゆるめた。外周をちょうど二周、一周が二キロ弱なので距離的には物足りないが、もう少し恵梨香と話していたかった。

「明日は走られるんですか」

「十キロの部を走りますけど、タイムは追わずに軽く走るつもりです。いちおう明日の大会は主催者側なので、選手としてというより、コース管理を兼ねてという感じですね」

「宮崎のご出身なんですね」

「はい、日南《にちなん》です。行かれたことあります？　日南」

「キャンプ中に試合しに行ったことはあります。天福《てんぷく》とか南郷《なんごう》の球場に。ルーキーの頃でした」

「えっと、南井さん、ですよね？」

「俺、いやわたしのこと、ご存じなんですか」

「……すみません、野球はあまりよく知らないんです。でも、球場入口のところに置いてあったキャンプメンバー表をいただいたので、背番号で……ごめんなさい」

「いや、わたしも女子マラソンについては何も知らないですから、おあいこです」

恵梨香の笑顔は、龍一にとってなぜかとても懐かしいものに感じられた。女性の笑顔にこんな気持ちを抱いたことが懐かしかったのかもしれない。

クールダウンしながら速度をゆるめ、やがて二人は歩道を歩いて球場まで戻って来た。

「まだ練習されるんですか」

「筋トレやって帰ります」

「明日はお休みですね」

「ええまあ。ここが使えないですから」

「ローズガーデンホテルですか？」

「はい」

「この町でホテルって、あそこしかないですものね。明日、十キロの部はあのホテルの前がコースになってるんです。午前十時スタートですから……そうですね……あのあたりを通るのは十時二十分くらいでしょうか。お部屋の窓から通りが見えるようでしたら、応援していただけます？」

「あ……」

明日はタクシー相乗りでゴルフのつもりだった。二回まで、と決めているゴルフのうちの、貴重な一回。だが龍一は、すぐにうなずいていた。

「わかりました。午前中は部屋にいるつもりだったんで、応援させて貰います」

「嬉《うれ》しいです」

恵梨香の口元から白い歯がのぞいた。龍一の胸が高鳴った。


「明日のゴルフ、俺、やめとくわ」

携帯の向こう側で島沖《しまおき》の驚いた声がした。

「やめとくって、なんだよ、どこか具合でも悪いか？　怪我したんか？」

「いや、ちょっとな、腰がヤバそうなんだ。休ませれば大丈夫だから、明日はのんびりしとく。メンバー大丈夫か」

「それは何とでもなるけど……龍一、腰やっちゃったらシーズン棒に振るぞ。気をつけろよ」

「ああ、慎重にやるよ」

龍一はベッドにひっくり返って天井を見つめた。

四分の三。

不意に、その言葉が脳裏をよぎった。

スリークォーター、つまり、四分の三。

ブルペンで、この日、龍一はスリークォーターを試していた。昨夜はあれほど腹が立ち、悔しさに震えたのに、なぜか今日、プレートに足を置いた時、妙に腹がすわっている自分に気づいたのだ。

投げられないわけじゃない。投げろと言うなら、投げてやる。そう思ったのだ。そして桑本は、それをじっと見つめていた。

何も言わずに。

腕を少しだけ下げた。

結果は惨憺《さんたん》たるものだった。球をリリースするタイミングがわからない。投げた球は、キャッチャーのミットにすら収まらなかった。

龍一は照れ隠しに笑いながら桑本を見た。桑本はまったく笑っていなかった。

冗談にしてる暇は、おまえにはないぞ。

桑本の目が、そう言っていた。

結局、なかなか寝つけなくてウイスキーを飲み始め、そのまま深酒して明け方近くにやっと眠りに落ちた。瞼を照らす朝の光と、遠くから響いて来る路上の歓声とで目が覚めた。窓を開けてみたが、表通りには面していないのでマラソンの様子がわからない。龍一は顔を洗って普段着に着替えると、ホテルの一階にあるカフェに向かった。すでに午前十時近く、朝食タイムは終わっていたが、コーヒーを頼むことはできた。

窓際の席に座ると表通りの様子がよく見えた。すでに沿道は人で埋まり、応援用の小旗や日の丸が揺れている。選手の名前を書いたボードを掲げている人もいる。

「まだ先頭集団、通ってないですよね」

コーヒーを運んで来てくれた女性に訊くと、女性はうなずいた。

「まだ通っていません。十時スタートで、先頭集団がここを通るのは十時二十分頃、って聞いてますよ。わたしも陸上部の出身で、後輩が出ているんで楽しみなんです」

「たくさん市民ランナーが出るんですか」

「地元の人だけでも三百人くらい出ると思います。こんな田舎の小さなマラソン大会ですけど、毎年わたしたちには楽しみなんです。それに今年はゲストが工藤さんでしょう。わたしも高校時代、工藤さんに憧れてたんで、とっても嬉しくて」

「工藤恵梨香さん、昨日、僕らの練習場の外周で練習してました」

「素敵ですよね、工藤さん！　オリンピック代表になれるチャンス、三回も逃しちゃったのにちっともいじけたとこがなくて、インタビューでも正々堂々、爽やかで。でもきっと、内心はものすごく悔しくて悔しくて、たまらなかったと思うんです。わたしなんか県大会でも予選落ちする程度のランナーでしたけど、それでも負ければすごく悔しかったですもん。工藤さんはオリンピックにあと少しで手が届くところまで行ったのに、それが叶わなかった。わたしなら悔しすぎて頭がおかしくなっちゃいますよ。でも工藤さんは、言い訳もしない、恨み言も言わない。それでいて、諦めない。工藤さん、東京目指してると思いますよ。最近また、ランニングフォームが変わったみたいだし」

「フォームが変わった？」

「ええ、一昨日工藤さんが、大会アピールの為に地元のテレビに出てたんです。その時に練習風景が流れてて、それで気づいたんですけど、最近、昔のピッチ走法に戻したみたいなんですよ」

「あの、ピッチ走法って、高橋尚子《たかはしなおこ》さんの走法でしたっけ」

「そうです。背が低くて足も短い日本人には適してるんですけど、実はすごく体力の必要な走法なんです」

「え、そうなんですか。なんか省エネ走法ってイメージがあるけど」

女性は笑いながらうなずいた。

「見た目はストライド走法のほうが体力いりそうですよね。でもピッチの場合、単純に足を動かす数がストライド走法より多くなるわけですから、同じ距離を走るのに足をたくさん動かす必要があると考えると、その分体力は消耗するんです。でもピッチ走法だと上体のブレが少なくて、からだを前に進める動きとしてのロスがない。どっちの走法がいいかは個人個人の適性の問題なんで、わたしみたいな元陸上部で今はたまに走る程度だと、どっちでもいいんですけどね。でもスピード勝負の国際マラソンだとピッチは不利だと言われてるんですよね。どのマラソンでも優勝争いするようなトップランナー、アフリカ勢なんかにはピッチの人はほとんどいないと思います。ストライド走法はレースの途中でもスピードアップするのが簡単なんです。歩幅を大きくすればいい。でもピッチだと、速度を上げる為には足を動かす数を増やさないとならないんで、いきなり他の選手がスピードアップした時について行くのが大変です」

「それなのに、工藤さんはどうしてピッチに戻したのかな」

「ただ戻したんじゃないんです。工藤さんは元はピッチだったのを、ロンドンの代表になれなかった時から四年かけてストライドに変えてます。それで国際大会でもそこそこ結果が出せるようになって、リオの代表は間違いないって言われてました。でもだめでした。あと二秒で代表の座を逃しちゃいました。でも実は工藤さん、ストライドに変えてから故障に悩まされてたんです。ストライド走法は故障が多いと言われてます。故障すると治るまで練習できませんよね。故障が多いってことは、練習不足になるってことです。大事な選考レースであと二秒で負けたことを、工藤さんは、練習が足りなかったからだってインタビューで答えてました。たぶん工藤さんは、故障しない走り方を模索されたんだと思います。それで結果的に元のピッチになったけど、でも、ストライドの練習で培ったものは活かせると思うんです。工藤さんなりに考えて考えて、東京オリンピックを目指すと決めたから決断した。わたしはそう思ってるんです」

女性の目は生き生きと輝いていた。彼女の憧れである工藤恵梨香が、次のオリンピックを目指す為にした決断を、彼女は自分の人生に重ねて支持しているのだ。

「あ、来たみたいですよ！」

龍一は窓の外を見た。揺れる小旗の向こうに近づいて来るランナーたちの頭が見えた。

龍一は立ち上がった。

工藤恵梨香だ。彼女が笑顔で走っている。小旗が揺れ、ガラス窓の向こうの歓声が小さく聴こえて来る。

龍一は手を振った。走っている恵梨香に見えるはずはなかったが、思わず、頑張れ、と声に出していた。

俺もすでに、決断している。昨日、スリークォーターで投げてみた時に、俺は決めていたんだ。

龍一は思った。

覚悟は決まった。もう、本格派の投手であることにこだわっている場合ではない。

来年も野球選手である為に、マウンドで球を投げ、試合に参加する資格を持ち続ける為に、腕を下げる。

3

ベルト着用サインが消えた途端に睡魔が襲って来た。飛行機のいいところは、熟睡してしまっても降りる駅を寝過ごす心配がないことだ。

宮崎から那覇に向かう便は朝九時台に一便のみ。一軍キャンプ合流は、練習が終わる午後三時頃に伝えられた。二軍のキャンプ地は宮崎市街からかなり離れているので、慌てて荷物をまとめ、前夜から市内のホテルに泊まった。

桑本の読みどおり、セットアッパーだった外国人選手が来日せず、龍一が代わりに呼ばれたのだ。

今さら一軍合流は、正直かなり面倒だった。一軍にはローテーション入りを狙《ねら》ったり、勝ちパターンの中継ぎに入ることを目標に、ぎらぎらと目を輝かせた、球団が期待する投手たちがいる。本来ならば、外国人投手の穴埋めであっても、もっと若くて将来を期待されている投手が沖縄に呼ばれるべきだろう。だが上が判断したことだから、逆らうことはできないし、客観的に見ればこれはやはり、チャンス、なのだ。

一軍キャンプに参加したからと言って、そのまま開幕一軍にいられるわけではない。ルーキーはキャンプからオープン戦にかけてよほどアピールしなければ、基本的には開幕以降は二軍に下がり、ファームリーグからのスタートになる。一軍にいて出番もなくベンチを温めているよりは、二軍でどんどん試合に出て実戦経験を積むほうが得策なのだ。逆にベテラン勢は、厳しい切磋琢磨《せつさたくま》に晒《さら》される一軍キャンプよりも、自分のペースで調整がしやすい二軍キャンプのほうがいい場合もある。二軍キャンプで自分に合った調整を進めて調子をあげ、オープン戦でアピールして開幕一軍、というケースは多い。要するに、今一軍に呼ばれたからと言って、開幕時に一軍の投手陣の中にいられる、という保証などないのだ。が、監督や一軍投手コーチなどにアピールするという意味では、彼らの近くにいたほうがいいに決まっている。

龍一は、眠いのになかなか眠りに落ちられずにつらつらと考えていた。スリークォーターへのフォーム改造はまだ途中だし、自分自身、それを貫くかどうかの決心はまだ固まっていない。ただ桑本の前で勢いというかノリで投げてしまったスリークォーター投球は、球の制御ができずに暴投する有り様ではあったが、実は自分でも意外なほどツボにハマッた感がある。手応《てごた》え、と言えばいいか、指先の感覚が素直に球に伝わっている感触があって、このまま投げ続けていけば案外早く、狙ったところに球を「置ける」感じがするのだ。少なくとも、旧来のフォームで投げるよりは正確なコントロールを手に入れられるだろう。

だが、球威に不安があった。

球がミットに入った瞬間、捕手が身じろぎすることがほとんどない。以前は、何球に一球かは捕手がその球威に押されて姿勢を崩すほどの強い球が投げられた。球速はあまり考えないようにしているが、球威はどうしても取り戻したい。球の速さは数字上のものよりも、打者がどのくらい速いと感じるかが大切だ。逆に言えば、実際にはさほど速くない球でも、配球によって速いと感じさせることは可能なのだ。だが球威はごまかしようがない。打者がその球を「捕らえた」と思った瞬間、球威のある球ならばそのバットを押し返したりへし折ったりできる。捕らえられていても打ち損じさせられるのだ。打者の読みが当たっていても、球威でアウトは取れる。だが球威のない球は、読まれたら終わりだ。

球威は、必ずしもフォームで決まるわけではない。サイドスローでも威力のある球を投げる投手はいるし、逆に本格派でも、なぜか球が軽くてよくホームランを打たれてしまう投手もいる。

たとえスリークォーターでも、以前より球威を増すことはできるはずだ。だがどうしたらいいのか、今はまだ五里霧中。しかし、開幕は待ってくれない。開幕一軍を逃したら、昇格のチャンスは交流戦あたりまで来ないだろう。

ようやくうとうとしたな、と思ったら、すでに飛行機は着陸態勢に入っていた。慌ててヘッドレストを元に戻す。

眼下に青い海と海岸線が見えた。

沖縄。

携帯の電源を入れると、ＬＩＮＥに祥子からのメッセージが届いていた。

『わたし、今日から宮崎なのに、あなたはいきなり沖縄って、どうしたの？』

『ごめん、昨日の練習後に言われた。一軍合流する。君は宮崎で仕事だよね』

『半日で終わるから、夜はあなたとご飯食べるつもりだったの。宮崎牛、楽しみにしてたのに、残念』

『今度、東京で宮崎牛食わせる店、探しとくよ』

『いいわ、石垣牛にするから。那覇で石垣牛の美味《おい》しいお店、探しといてね』

那覇で？

『宮崎の仕事終わったら、そっちに行くことにしたから』

マジかよ。龍一は驚いた。ここ数年、今回のように自分の仕事と重なりでもしない限りは、祥子が自分のほうから龍一の遠征先に来ることはなかった。

『沖縄で仕事があるの？』

『休みとってるの。宮崎で三日くらい休むつもりだったから。明日の朝の飛行機で行くわ。ホテル、チームと同じとこじゃないほうがいいわよね。リーガロイヤルにするつもり』

『わかった』

『明日、昼頃《ごろ》に球場に行くね』

『了解』

どういうつもりなんだろう。

龍一は空港からタクシーで直接球場に向かっていた。

もしかして祥子のやつ、とうとう離婚する、とか言い出すんじゃないかな……

那覇空港から二十分ほどで球場に着いた。タクシーを降りて室内練習場を覗《のぞ》くと、すぐに一軍投手コーチの香取洋平《かとりようへい》と目が合った。

「おう、着いたか」

「どうも」

「直接来たのか」

「はい。荷物は康介がホテルに送ってくれてるはずです」

「すぐ投げられるか、ブルペン」

「はい」

「じゃ、中でウォームアップしてくれ。今日はなんかマスコミが多くてなあ、おまえの姿見たらあれやこれや訊《き》いて来るからな」

どっちにしてもブルペンで投げれば俺の存在なんかすぐバレるじゃないか。龍一は笑いそうになったのをこらえた。香取は記者にいろいろ訊かれるのが苦手なのだ。もともと口下手だし、現役の頃はアガリ性で有名だった。

地下のロッカールームで着替えて室内練習場に戻り、隅のほうでウォームアップを念入りにした。一時間半とはいえ、飛行機の狭い座席で同じ姿勢をとり続けたことで筋肉は硬くなっている。手を抜くと怪我《けが》をする。壁ぎりぎりの大回りで何周か走り、ほどよくからだが温まったところでブルペンに向かった。

相手をつとめてくれる捕手は、いつもブルペンで世話になっているブルペンキャッチャーのタケちゃん、鹿島剛史《かしまたけし》だ。龍一と同期で入団した男だが、社会人野球出身なので二つ年上、五年在籍して戦力外になり、そのままブルペンキャッチャーとなった。気心が知れている相手だった。鹿島は龍一のことを、ナンちゃん、と呼ぶ。

「良かったな、一軍合流」

鹿島はマスクをはずし、よく日灼《ひや》けした顔で笑った。

「調子はどう？」

「まあまあかな。あのなタケちゃん、実は俺、宮崎でちょっとフォームいじったんだ」

「いじった？　香取さん知ってんの」

「クワさんから報告あがってると思う。で、悪いけどまだ、コントロール、定まってないんだよな」

「ああ、そう。わかった。そのつもりで受ける。で、どこ変えた？」

「腕、少し下げた」

「スリークォーターか」

「そんなとこ」

「へえ。思い切ったな」

「クワさんの指示だ。正直、かなり戸惑ってる」

「そうか」

鹿島はマスクをつけた。

「ま、とにかく投げてみてよ」

投球準備に入ると、背後に人の気配がした。香取が立っている。やはり、桑本から連絡が行っているのだ。

香取は黙って腕組みした。

龍一は、香取の存在を意識して少し緊張しながら投げた。が、宮崎で投げた時よりもさらにハマっている感じがあった。案外気持ちよく、スイスイ、と二十球ほど投げた。ストレートの他に変化球も混ぜてみた。コントロールはまだ甘いが、それでも、投げたいと思うところに球が行く。

龍一は、桑本が正しかったのだ、と、自分の負けを認めた。今の俺には、スリークォーターが正解なのだ。

ブルペンでは他に、ドラフト一位指名の大学野球のエースだったルーキーが投げていた。そのせいで報道陣が多く、カメラのシャッター音が凄《すご》い。ちらっと横見すると、有名な野球評論家の顔がいくつも見えた。だが彼らの視線は自分には向いていない。

「あと三十、いけるか」

香取の声が背中から聞えた。龍一は振り返らずに、いけます、と答えた。

「あと五十くらいいけますよ」

「無理はいかん。まだ馴染《なじ》んでないから、変なとこに力が入ってる。無理すると怪我するぞ」

「はい」

龍一はうなずいて、また投球フォームに入った。その時、視界の隅にその顔が見えた。


さ、祥子⁉

なぜだ？　宮崎で仕事を終えてから、明日の飛行機で来ると言っていたのに。

そもそも祥子がブルペンを見学するなんて、不自然だ。いつもはキャンプに来ても練習は見ず、夜に一緒に食事をするだけだった。野球が嫌いというわけではないのだろうが、野球をしている龍一にはあまり興味がないのだろうと思っていた。

だが今、祥子は他のファンに混じって、ブルペンを見つめている。……俺を、見ている。

それに宮崎から那覇に来る飛行機は、さっき俺が乗って来たあれ一便だったはず。同じ飛行機に乗っていたのに声もかけずにいたのだろうか。

龍一は戸惑った。祥子の行動が理解できない。

それでも、とにかく投球を続けた。投げていくうちに次第に祥子のことは頭から消え、鹿島のミットしか視界に入らなくなった。

予定の三十にさらに十五球、龍一は投げ込んだ。

はっきりと、手応えがあった。スリークォーターは俺のものになる。

「良かったじゃん」

鹿島がマスクをはずし、駆け寄って来て言った。

「イケるよ、スリークォーター」

「そうかな。でも球威はどうだろう」

「思ったよりいいよ。ずしんと来る球も何球かあった」

「試合で使えるかな」

「まだ開幕まで一ヶ月以上あるんだから、大丈夫だよ」

龍一は鹿島とブルペンに頭を下げて引き揚げようとしたが、他の投手の後ろで投球を見ていた香取が、龍一の視線をとらえて軽くうなずいた。香取の口元に少し笑みが浮かび、いいぞ、と言われたように思えた。

ロッカールームでアンダーシャツを着替えてブルペン前に戻ったが、祥子の姿は消えていた。どこに行ったんだ、あいつ。それとも、他人の空似だったのだろうか。

龍一は室内練習場に入り、練習メニューに従ってバッティングマシーンの前に立った。チームはセ・リーグに所属しているので、投手にも短時間だが打撃練習がある。

高校時代は四番でエース。高校球児にはよくいるタイプなので今さら自慢にはならないが、甲子園の初戦でマルチヒットを打ち、二回戦で決勝打を放ったのはひそかな誇りである。そしてもちろん、背番号は1。

だが三回戦で敗退。あの時は悔しかった。正直なところ、プロ入りして以来、あの時のように心底悔しいと思ったことはないかもしれない。プロになって知ったこと、それは、上には上がいる、という単純な真実だった。どれだけ練習しても、生まれついての才能の差は縮まるものではないのだ。だが、才能があっても怪我はする。そしてその怪我によって選手生命を縮めてしまう者は多い。龍一は、とにかく怪我だけはしないように細心の注意を払ってやって来た。だがそれでも、昨年は思うような働きができなかった。

自分のからだが少しずつ、思うように動かなくなっているのは感じている。これから先の一年は、来年またユニフォームを着ることができるかどうか、その為の一年だ。そして引退までそうやってだましだましやっていくことになる。

バッティング練習は好きだが、無理をして怪我をしないよう加減する。卑怯《ひきょう》とか怠惰とか言われてもかまいはしない。それがどうした。俺のからだは一つしかないのだ。このからだが壊れたら、選手としての俺は終わるのだ。

ノルマの球数を打って適当に汗をかいた。マシンを止め、ロッカールームで着替えてから、陸上用トラックに出る。とりあえず一通りの練習メニューは終えたので、あとはトレーナーの指示で部分的なトレーニング、それにランニング。

陸上トラックの周囲には小さな観客席があった。東京からやって来た熱心なファンや、地元の人たちが座って練習を眺めている。ランニングを終えて引き揚げる選手にサインをねだるのが目的だろう。

ふと、視線を観客席に向けてドキッとした。祥子が最前列に座っている。やはりさっきブルペンを観《み》ていたのは祥子だったのだ。

「龍一さん、どうですか、肩と腰」

トレーナーの今脇《いまわき》が訊いた。

「宮崎で調子どうでした」

「悪くないよ。投げ方少し変えたんで、まだ変なとこに力入ってるみたいなんだけど」

今脇が練習メニューを説明する間、龍一はちらちらと観客席に目をやった。祥子は他のファンと同じように座り、ただじっとこちらを見ている。サングラスをするでもなく、正体を隠す素振りもない。おそらくめざといファンがそのうちに気づくだろう。

いったい祥子は何を考えているんだ。これまでは、とにかく野球のファンと接触することを極端に避け、試合の時ですら家族席から動こうとはしなかったのに。

気が散ると怪我のもとなので、龍一は祥子のことを頭から追い払って練習に没頭した。

クールダウンを兼ねたフリーランニングも、いつもより長い時間入念に走った。が、だらだら引き延ばしていても、いつか練習は終わりの時間が来る。

龍一は観念して、タオルを首にかけてグラウンドを出た。ファンが走って来て龍一の行く手を塞《ふさ》ぎ、サインお願いします、と色紙やボール、ユニフォームをつき出す。それに応じてサインを始めると、またたくまに行列ができる。菓子の類《たぐ》いだろうか、差し入れを手渡してくれる人もいた。二十人ほどにサインをしたところで、列が途切れたのを見計らって歩き出す。プレゼントや差し入れの入った紙袋が数個。この世界では人気も実力のうちだ。サインをねだられ、プレゼントを手渡されているうちが華なのだ。引退してしまうと夢は終わる。引退後も追いかけてくれる熱心なファンもいることはいるだろうが、ごくわずかだろう。

あと数年後、確実にこの夢は終わるのだ。

視界の隅に祥子の姿があった。龍一は、自分から祥子に近づいた。

周囲のファンが、あ、やっぱり、という顔でざわつき、スマートフォンを取り出して写真を撮る者もいた。

「どうした？　明日来るんじゃなかった？」

「宮崎の仕事、キャンセルしたの」

「いいのか？」

「大丈夫。別の日程にしてもらったから」

「でもどうして」

「龍ちゃん、今夜、ステーキ食べたいな」

「いいけど、ホテルどこにとった？　迎えに行くよ」

「リーガロイヤル。七時で大丈夫？」

「わかった。でも祥子、どうして」

「あとでね」

祥子は笑顔で離れて行った。

4

那覇にはステーキハウスがたくさんあり、たいていは安くてそこそこ美味《うま》い。アメリカ牛の、脂肪が少ない赤身肉のステーキが、今の流行《はや》りだ。だが龍一は、祥子のリクエストに応《こた》えて、石垣牛の専門店に予約を入れた。祥子は、仕事ではヘルシーをキーワードに赤身肉をよく使うようだが、本当はサシの入った柔らかい国産肉が好きなのだ。

祥子自身が、特別に大事に飼育された、サシのたっぷり入った肉のような女だ、と龍一は思う。

とろけるように柔らかく、綺麗《きれい》で、美味だ。

でも、たくさんは食べられない。

飽きてしまう。

俺はひどい男だな。タクシーの後部座席で、可愛《かわい》らしく龍一の肩に頭をもたせかける祥子の体温を感じながら、思う。

悪いのは祥子じゃない。俺なんだ。

祥子に飽きた、と一言で片づけてしまえるほど単純なことではなかった。様々な思いが今でも龍一の心に渦巻いていて、叫び出したいほど心が痛い。恋をしていると自覚したあの日から、ウェディングドレスに包まれた信じられないほど美しい祥子を目にした瞬間のあの多幸感、そして、祥子が作ってくれた料理を食べながら、その日の練習や試合でこんなことがあった、あんなことがあったと喋《しゃべ》っていた時の楽しさ。

何が、どこで間違ったのだろう。

積み重なった小さな不満、ささやかな怒り。それでも、すべてを包み込んでくれる家族としての愛が、確かにあったはずなのに。

祥子が仕事を続けることに、不安なんかなかった。自分はそんなに器の小さな男ではないと自負していたし、家事なんて代行サービスに頼めばいいだけの話だった。実際、祥子が家事をしないことなど、どうでもいいと今でも思っている。掃除機を誰《だれ》がかけようが、床が綺麗なら問題はないのだ。手料理を食べる回数が減ったことだって、たいしたことじゃない。栄養管理、栄養管理と世間はプロ野球選手の妻にプレッシャーをかけて喜んでいるが、そんなに毎日毎日、ガチガチに栄養を管理されたら息が詰まる。育ち盛りのガキならともかく、三十を越えたおっさんはむしろ食い過ぎに注意しろ、って話なのだ。どのみち遠征に出たら、ホテルに用意されたビュッフェ料理か、チームメイトと街に繰り出して焼肉か居酒屋、あとはビタミン剤とプロテインで、まあなんとかなるものだ。

そう、そんなことじゃないんだ。そんなことじゃ。

だったらいったい、なぜなんだ?

どうして俺は……この女から、俺の妻から、心が離れてしまったのだろう。


タクシーを降り、店に入った。観光案内などには載っていない店なのだが、席は満席に近い。

シャンパンで乾杯した。龍一はシャンパンと言えばドン・ペリしか知らないが、祥子はいつものようにソムリエと談笑しつつ、聞いたことのない銘柄を選ぶ。だが祥子のセレクトにハズレはない。シャンパンは薄いクリーム色をしていて、花のような香りがして、美味だった。

前菜は南洋の魚のカルパッチョや、色とりどりの野菜料理でどれも洒落《しゃれ》た味がした。石垣牛のサーロインステーキは驚くほど美味かった。

肝心なことは何も話せないまま、二人は食べて飲んで、他愛のないことを言い合って笑った。

デザートに、素晴らしいマンゴーが出た。あまりにも美味しくて、肉の味すら忘れそうになった。

マンゴーは祥子の好物で、龍一が店を予約する際にリクエストしたものだった。そしてそのことを、祥子はちゃんと察していた。

「龍ちゃん、ありがとう」

スプーンですくった夕焼け色の果肉を見ながら、祥子がそう言った。

限界だった。

平静を装い、仲のいい夫婦のふりをするのは、それが限界だった。これ以上この芝居を続けたら、たぶん、泣けてしまうだろう。

だが龍一が口を開く前に、祥子が言った。

「終わりにするなら沖縄で、と思っていたの……ずっと前から」

「……うん」

龍一はうなずいた。言葉は出て来ない。

「プロポーズしてくれたのも、沖縄だったものね」

夏の暑い夜だった。

那覇での公式戦。セルラースタジアムができて以来、年に一度、公式戦が行われている。

あの年は、龍一のチームがビジターで試合をした。日没時刻が遅い沖縄では、試合開始時間も通常より遅くなる。しかも延長戦で、試合が終わったのは午前零時近い時刻だった。

疲れきってホテルに戻ると、ロビーのソファに祥子がひとりで座っていた。慌てて着替えてロビーに戻り、祥子とタクシーに乗った。そんな時間に開いている店を探し、国道沿いのハンバーガーチェーンしか見つけられずにそこに入った。チーズバーガーとルートビア。

　他に客はいなかった。がらんとした店の中で、龍一は言ったのだ。

　結婚してください、俺と。

　チーズバーガーとルートビアの代わりに、サーロインステーキとシャンパンとマンゴー。

「ごめんね。結論出すの、引き延ばしてて。わかってるの……もう駄目だってことは、わたしたち。でも、いろいろと思い切ることができなくて」

「いや」

　龍一は、コーヒーをひとくち飲んだ。

「構わないのか？　その……君の仕事に、離婚は悪い影響あるんだろ」

「そのことはいいの。初めから、そんなこと問題じゃなかったのよ。確かに以前はプロ野球選手の妻って肩書きが大切だったけど、最近はそういう仕事はしてないもの。仕事のことは言い訳だったの。ごめんなさい」

「言い訳？」

「離婚、したくなかったのよ」

　祥子は微笑《ほほえ》んだ。

「……やり直せる、って、思っていたかった」

「……ごめん」

それだけ、やっと口にした。その言葉のむなしさが心に突き刺さった。俺はいったい、何を謝っているのだろう。

何を謝る資格があるんだろう。

結局、俺が心変わりした、そういうことなのだ。

けれど、今、龍一は寂しかった。途方もなく寂しかった。目の前に座っている俺の妻。俺の女。

このひとを、今夜、俺は失う。

自分から望んだ別れなのに、それでもたぶん、このあと落ち込むのは俺のほうだ。寂しくて悲しくて悔しくて、独り寝の寒さに震えるのは、俺のほうだ。

「初めて、あなたが練習してるところ、真剣に見たわ。ファンの人たちと一緒に」

「驚いたよ。ブルペンやトラックまで来るとは思わなかった」

「すごく楽しかった。もっと早く、あなたが練習してる姿をもっとたくさん、たくさん見ておけば良かったな。試合も面白いけれど、練習はもっと面白いわ」

「そう？　意外と地味だろ」

「ええ、でもだから面白かった。こつこつ、こつこつ、あなたが努力している瞬間瞬間が、それを見ているのが楽しかったの。わたしね」

祥子は笑った。朗らかに。

「今日、やっと気づいたの。わたし、あなたのファンだったみたい」

「投げ方、変えることにしたんだ」

「投げ方？」

「俺、腕を上に上げて、足も高く上げて投げてたろ、前は。腕を下げたんだ。スリークォーターにした」

「スリークォーター……四分の三」

「うん、四分の三。俺ももう若くない、昔みたいに速い球が投げられない。生き残る為には、若い時と同じことしてたらダメなんだ。でも正直言えば、悔しい。今さらフォームを変えてまで現役にしがみついてどうするんだ、って気持ちもある。今引退したら、テレビの仕事が貰《もら》えるかもしれない。でもこのまま現役を続けて、どんどん成績が悪くなって、戦力外になって引退に追い込まれたら、もうその頃には俺のことなんか誰も憶《おぼ》えてなくて、テレビにも呼ばれないかもしれない。今引退したほうが得なのかも」

「それでも、続けたいんでしょう。投げたいのよね、龍ちゃんは」

龍一はうなずいた。素直にうなずいた。

「投げたい。まだまだ、投げたい」

「いいじゃないの、四分の三」

祥子は言った。

「素敵じゃない。ベテラン、って呼ばれるようになってからでも変化できる。それってすごいことだと思う。わたし、まだもう少し龍ちゃんのファン、続けてもいい？……夫婦でなくなっても、たまには球場に試合、観に行ってもいい？　四分の三のニュー龍ちゃんがマウンドに立つところ、観たいな」

「……いいよ、観に来いよ。いつでも、来い。俺も……」

「俺も、なに？」

「俺も……君のテレビ、観るよ。雑誌も買う」

「龍ちゃん」

「俺もなるよ……君の、祥子のファンになる。家族じゃなくなっても、ファンにはなれるよな」

「うん……ありがとう」

「……幸せにしてやれなくて、ごめん」

「そんなことない。わたしはけっこう、幸せだったよ。龍ちゃんは？　ちっとも幸せじゃなかった？」

「いや。そうだな……俺もけっこう、幸せだった気がする」

「ね、悪くなかったと思うな、わたしたち夫婦。そこそこ幸せだったし、楽しかったし。でも、今がちょうどいい時なんだ、って思ったの。二人とも変わる時だ、って。龍ちゃんがスリークォーターになるみたいに、わたしも変わる。ファンになってくれるなら、ニュー祥子のこと、見ててね、ずっと」

「ああ、見てる」

「新しい奥さんができても、テレビちゃんと録画してね」

「……たぶん、する」

「たぶん?」

「いやだってさ」

龍一は笑った。

「嫉妬《しっと》深い女だったらまずいでしょ」

「ずるーい」

「そんなこと言って、祥子だって新しいダンナの前では俺の応援なんかできないだろ」

「できるわよ。簡単よ、あなたのファンを恋人にすればいいんだもの」

「そんなうまいこと見つかるかよ」

「見つけるわよ。ぜったい見つけてやるんだから」

祥子はきれいだ。

龍一は、あらためて思った。

最後まで幸せにしてやれなかった女。けれど、そこそこには幸せだったと言ってくれた、女。

四分の三。百点満点なら七十五点。そのくらいの点数は、俺につけてくれよ、夫として。

そう願うのは欲張りか。

けれどこの女がファンでいてくれるなら、俺はもう少し投げ続けたい。

明日はもう少し様になってくれ、俺の、スリークォーター。

友

1

「じゃあ、次の監督が三枝《さえぐさ》さんになるって話、なくなったってこと」

妻の真紀《まき》がオーヴンの扉を開けた。香ばしい匂《にお》いに口の中に唾《つば》が涌《わ》く。真紀の趣味はパンを焼くこと。今日は、なんとかいう国産の小麦粉に真紀が培養した酵母を使い、具にひじきだの納豆だのを使ったパンらしい。訊《き》けば嬉《うれ》しそうにいろいろ説明してくれるのだが、小麦粉の名前も酵母の培養の仕方も、あまり興味がないせいか何度説明されても憶《おぼ》えられない。結果的に焼かれたパンが美味《おい》しければ、なんでもいい。そして真紀が焼くパンはどれも美味しい。夫の贔屓目《ひいきめ》と言われても、誠《まこと》は、店でパンを買う気になれない。

門田《かどた》誠、四十七歳。十年前に現役を引退し、二軍コーチを四年務めて、一軍コーチを三年、そして一昨年、二軍監督に就任した。三シーズン目の今年、やっとイースタンリーグ優勝を果たした。残念なことにイースタン、ウエスタン両リーグの覇者で争うファーム日本選手権では、ウエスタンの優勝チームに負けてしまったが、充実したいいシーズンだったと思っている。だがシーズンが終了してホッとするのも束《つか》の間《ま》、来年の就職先で悩まなくてはならないことになった。四年前、誠の元チームメイトで先輩でもある坂田《さかた》幸雄《ゆきお》が一軍監督に就任、その坂田の希望で、誠が二軍監督に就任した。つまり誠は、坂田から信頼された監督になったのだ。だが坂田就任以降、チームは下位に低迷。今シーズンも九月はじめにはAクラスが絶望的になり、結局、わずか一ゲーム差でかろうじて最下位は免れたものの、四位とのゲーム差が十ゲームもある惨憺《さんたん》たる成績で終わってしまい、九月の終わりには坂田が今シーズン限りでの辞意を表明してしまった。その時点で、誠もある程度は覚悟していたのだが、坂田のあとをついで監督に就任すると噂《うわさ》になったのは三枝章文《あきふみ》で、坂田同様に誠の現役時代のチームメイト、そして坂田と親しく、誠とも交流のある人間だったのだ。三枝は引退後、アメリカに野球留学して帰国、独立リーグで監督を一年務め、三年前から他のチームでコーチ、そして昨年は一軍ヘッドコーチを経験、そのチームがリーグ優勝したことで、戦略手腕を高く評価されていた。その三枝が一軍監督になるのであれば、チームに残る目が出て来る。実際、三枝からも、いざとなったら自分に力を貸してほしいというような電話をもらっていたのだ。

ところが、三枝が突然、病に倒れてしまった。心筋梗塞《しんきんこうそく》で緊急入院し、一時は生命の危険もあったらしい。幸い、手術を経て退院することはできたが、不整脈などもあって心臓がかなり弱っていると診断され、プロ野球チームの一軍監督などという激務は無理と、ドクターストップがかかってしまった。

その知らせがあったのが今朝である。

「まだ三枝さん本人とは話してないけど、まあ無理だろうなぁ。正式発表の前だったのが、

「それで、次は誰になるの？」

「それはわからんよ。でも三枝さんが駄目となると、うちのチーム生え抜きのスターで監督をやれそうなのは、もう木嶋《きじま》くんしかいないな」

「木嶋さんって、まだ引退して二年しか経《た》ってないじゃない」

「最近は監督も若いほうがいいんだよ。木嶋くんは四十一か二、もっと若い監督もいるからな。ただ、木嶋くん本人が引き受ける気があるかどうかだな。はっきり言って、名球会スターが監督に就任するには、今は時期が悪い。チームは世代交代の途中だけど、なかなかうまくいってない。昨年も今年も、下で活躍して満を持して一軍に上げた連中がことごとく怪我《けが》で離脱してるし、力量のある外国人選手とは金銭面で折り合いが付かず、今年もクローザーを任せてたリッキー・エバンスが退団する」

「来年もBクラスになりそうなの」

誠は苦笑いした。

「そこまで言い切る必要もないけど、ま、浮上はなかなか難しそうだな。木嶋くんが監督就任するなら、球団も金をつかって補強はしっかりやるだろうけど。いずれにしても、坂田さんが辞める以上、俺も進退伺を出すしかない。木嶋くんが一軍監督に就任するとしたら、木嶋くんと親しい誰かが二軍監督になるほうがいい。一軍と二軍は別々のようでいて、実際には密接に繋《つな》がってる。一軍監督のビジョンをちゃんと理解して、育てるべき選手をきちんと育てられる二軍監督は、一軍の優勝に不可欠だ」

「あなたじゃ駄目ってこと？」

「任せて貰《もら》えるなら全力は尽くすよ。でもなあ、木嶋くんとしては、自分と親しい人間に下から支えて貰いたいだろうし。まあしかし、人事のことはGMと編成部が決めることで、一軍監督になったからって言い分がすべて通るわけじゃないからな。GMの野崎《のざき》さんは三枝推しだったから、三枝さんの線がなくなっていちばん困ってるのは野崎さんだろうな」

「受験のことだけど、卓巳《たくみ》は国立に絞るって言ってるのよ。あの子はわたしなんかより野球に詳しいから、きっと、あなたがクビになっちゃうかもしれないって心配してるんじゃないかしら。学費くらいの貯金はあるから余計な心配しなくていい、って言ったんだけど……パパ、卓巳と話し合ってくれない？　もちろん国立に受かってくれればそれでいいんだけど、浪人されるよりは私立でも進学してくれるほうがいいなあ、わたし」

「卓巳が浪人してでもいきたい大学があるなら、それはそれでいいじゃないか。だけどあいつ、去年は確か、早稲田《わせだ》を第一志望にするとか言ってなかったか」

「そうなのよ。なのに急に、国立しか受けないとか言い出したから、きっと経済的なことで気をつかってるんじゃないかな、って」

「ばかな奴だな」

誠はまた苦笑いするしかなかった。

「俺だっていちおう、プロ野球選手を十五年やってたんだぞ。それにママはがっちり貯金して、俺の小遣いだって無駄にはつかわせてくれなかった。そう言ってやればいいよな?」

「パパ、ずるい。現役の頃、あなたの無駄遣い、どれだけ目を瞑《つぶ》って来たと思ってるのよ。あのばかでっかい救急車みたいな外車とか、引退した時に普通の大きさの車に乗り換えてくれてホッとしたわ」

誠は現役時代、白いハマーに乗っていた。だが真紀は、大き過ぎて恥ずかしいと、一度も助手席に座ってくれたことがない。引退して二軍コーチに就任し、年収が選手時代の十分の一くらいに激減して、プロ野球選手、という夢は終わったのだ、と実感した。そしてハマーを手放し、子供たちを乗せて遊びに行くのに便利な国産のワゴン車に乗り換えた。当時八歳だった長男の卓巳は来春大学受験、四歳だった長女の美紀《みき》も来春には中学三年になる。時の流れは驚くほど速く、誠自身も、最近は額の後退がかなり気になる。野球選手はハゲが多く、一般の人たちよりも若くして毛が抜ける傾向にあると思う。たぶん、あの野球帽をずっとかぶっている状態がよくないのに違いない。頭皮が蒸れるのだ。

誠は無意識に額に触れながら、とりとめのないことを考えた。正直に言えば、プロ野球にかかわる仕事は選手であれコーチであれ、常に「来年のことなどわからない」のだ。球団職員として雇用して貰えた者以外、ほとんどの仕事が契約制で、しかも単年契約、つまり保証されるのは一年間だけ、というのが原則だ。主力選手になれば複数年契約を結んで貰えることもあるし、一軍監督は二、三年の契約である場合が多いが、それ以外は毎年毎年、球団から呼び出されて契約更改を行い、やっと翌年へとクビが繋がる。その意味では、今年のシーズンが始まった頃から、そろそろ二軍監督も交代の時期かもなあ、などとは思っていた。それとなく知人や先輩に、野球を離れて自分にできそうな仕事はないか、飲み屋で尋ねたりもしていたのだ。理想を言えば、球団に雇い直してもらって、編成部とか広報とかで背広にネクタイで働ければいい。だがこの際、野球を離れることになっても仕方がないという覚悟はあった。美紀が大学を出るまであと八年、貯金があるとは言っても遊んで暮せるほどあるわけではない。どんな形であれ、働いて稼がなくてはならないのだ。

なので、三枝が監督にならない、と判《わか》っても、さほど慌てはしなかった。もともと、三枝が監督に就任していたとしても、だからと言って自分の来季までが保証されたわけではない。世の中、そんなに甘くはない。


「いい匂いだなあ。パン、食べたい」

「まだだめ。いつも言ってるでしょ、パンは焼きたてが美味しいってよく言われるけど、ほんとはね、焼きたてよりも焼いてから二時間くらいたったほうが美味しいの。焼きたては蒸気が抜けてないからベシャッとしているのよ」

「じゃ、かわりになんか、おやつくれ。昼飯が少なかったから腹が減った」

「でももう四時よ。今、間食したら、夕飯が入らないわよ」

「入るよ。ママの料理なら腹が減ってなくても食える」

これはお世辞ではない。真紀は、パンだけでなく何を作っても上手だ。

野球選手の妻として、真紀は理想の女だった。誠も他の選手たち同様、現役の頃は女にモテた。そして、遊んだ。モデルや若手女優、女子アナ、CA、そんな女性たちとの合コンが頻繁にあって、よく誘われた。目がくらくらするほど顔が綺麗《きれい》で胸が立派で、脚が長い女たちと、飲んで騒いで、ホテルにも行った。先輩に連れられて高級キャバクラにも出入りし、なんとなく惚《ほ》れたホステスもいた。いろいろあって、恥ずかしいこともたくさんやって、最終的に結婚を決めた相手は、先輩の紹介で知り合った真紀だった。

初対面では何も感じなかった。地味な女だ、と思っただけだ。不細工ではないけれど、それまで誠がつき合った女たちの水準からしたら、真ん中より下だな、と。ただ、化粧は薄いのに睫毛《まつげ》だけが濃く長くて、生まれつきだとしたら見事だな、と思い、それに気づいてからなんとなく、真紀の顔のパーツをじっくり観察するのが面白くなった。それだけ、それまでつき合った女性たちの顔は人工的で、綺麗ではあるけれど個性を感じなかったのだ。だが真紀の顔は、丁寧に眺めてみればなかなか面白かった。まず左右の目の形が違う。片方は二重瞼《ふたえまぶた》なのに、もう片方は奥二重。さらに鼻の先が少しだけ丸くなっていて、その丸くなった部分に小さなホクロがあった。眉はちゃんと手入れされているのだが、自分で鏡を見ながら描いたのだろう、やはり左と右とで形が微妙に違っている。つまり、化粧が下手なのだ。そのことが、誠にはとても新鮮だった。モデルも女子アナもキャバクラ嬢も、みんな化粧が上手《うま》い。もともと顔に自信があるからそうした職業を選んだのだろうが、その上に競争を勝ち抜く為《ため》のあらゆる技術を磨いている。なのに真紀は、眉毛もちゃんと描くことができない。それなのに、真紀の笑顔は少しも不快ではなかった。ころころと気持ちのいい声で笑い、どんな話題でも楽しそうに目を輝かせて聞いてくれた。好き嫌いなく皿の上のものを全部食べ、ダイエット中だから、などという不粋な言葉は発しなかった。その頃からパンを焼くことにハマっていて、その話題になると予想外にお喋《しゃべ》りになった。

食事会、という名の見合いを終える頃、誠は真紀に恋をしてしまった自分に気づいていた。

婚約後、真紀はアスリートの食事と栄養についての講習会に出るようになり、アスリートの妻たちが通う料理教室に参加するようになった。

旨《うま》い飯をつくり、夫の健康に常に気を配る。夫が長期不在でも愚痴は言わない。夫の散財を適当に引き締め、しっかりへそくりも作る。シーズン中はほとんど子育てに協力できない夫を責めず、一人でしっかり家庭を守った。

理想的な妻。こんな女と結婚できて、自分は果報者だ、と誠は思っている。

そう、俺の結婚は正しかった。これで良かったのだ。

でも。

結婚する前、一度だけ、心の底から「この女と結婚したい」と思った女がいたことは、真紀には絶対に秘密なのだ。

2

「いやいや、まこっちゃんはクビになんかならねえって」

かなりろれつがあやしくなっている鈴木亮祐《すずきりょうすけ》が、誠の肩を抱いて言った。

「まこっちゃんがどんだけ、若いやつらを大事に育てたか、球団だってわかってるってば。木嶋が来ても、まこっちゃんを追い出すなんてできねえってば。心配すんな、心配すんなよぉ」

「ほんまに木嶋なんかなぁ」

寺内雅人《てらうちまさと》は関西出身、すでに東京で生活し始めて軽く二十五年は経っているはずだが、未《いま》だに関西弁は健在だ。

「スポーツ紙に出ても、ガセゆうことはあるやろ」

「まこっちゃん、木嶋とはどうなのよ」

「どうって？」

「仲はいいわけ、悪いわけ？」

「どっちでもないよ」

誠はそろそろ眠くなって来て、大きな欠伸《あくび》をひとつかました。

「木嶋は入団してすぐにスターになって、逆に俺はその頃から怪我が多くなって、二軍にいる時期も長かったしな。それに俺は野手で木嶋は投手、ミーティングも飲み会も別々だった」

「俺はなんか、あいついまいち好かんかったわ」

「テラちゃんとはタイプが違ってたな、確かに。けど、悪い男じゃないよ。礼儀正しいし、先輩が何か言えば素直に聞く耳は持ってる。何より頭がいいから、いい監督になると思う」

「引き受けねえよ、木嶋は」

酒にはめっぽう強い村岡健太《むらおかけんた》が、現役引退して十数年が経ってもまだ大きいからだを揺すって焼酎《しょうちゅう》をごくごくと飲んだ。

「今のチームは監督やるには最悪だ。そりゃ木嶋が引き受けたらある程度の補強はしてくれるだろうが、それでも来季Aクラスに上がる見込みなんかほとんどねえよ。そんな状態で、木嶋みたいなスターがわざわざ監督になると思うか？　もっと状態が良くなって、優勝の可能性も出て来たところで監督になればいい。どっちに転んだっていつか木嶋が監督になるのは既定路線なんだから。今のままテレビに出て、解説だのバラエティだのやってるだけでも現役時代に近い収入は確保できてるんだろう、監督になったらいくら木嶋でも、そんなには貰えない。どう考えても損だよ、今監督になるのは」

「そもそも、ほんまに木嶋なんかなあ、次。新聞には出てたけど、断定記事やなかったで」

「チームの上のほうからリークがあったから出た記事だろ。他に人材がいないんだから、まあ間違いないだろ」

「そうかなあ……球団かて、木嶋みたいなスターをわざわざ泥舟には乗せんと思うで。もうちょっといい時に呼んで、優勝して、木嶋監督黄金時代に突入～、てな筋書きが理想やんか」

「でも他に誰かいるか」

「よそから呼んで来るとか」

「うちのチームが、か？　ないない、うちは悪しき生え抜き主義から脱却できてない。一度でもうちのユニフォームに袖《そで》を通した奴じゃないと、監督にはすえんよ」

年に一度、シーズンオフ直前に行われる同期会。メンバーは七人、みな誠と同期で入団した元選手たちだ。今でも何らかの形で野球とかかわっている者は三人しかおらず、あとの四人はそれぞれ、新しい道に進んでいる。亮祐は外国車のディーラーとなって、そこそこいい収入を得ている。人懐こくて話上手、その上、素朴な顔だちをしている亮祐は、セールスマンに向いていたのだろう。雅人は球団のオーナー会社に入り、営業職に就いて出世した。関西の有名私大出身で、しかも野球選抜での特待入学ではなかったらしいから、プロ野球の選手には珍しく、お勉強もできる子だったのだ。球団は現役時代の各選手の個性、生活態度、性格などを選手が想像している以上に把握しており、オーナー会社に就職できる者は、頭脳、性格、生活態度などすべてにおいて「エリート」と認められた者だけ。

なにしろ一部上場の優良企業で株価もかなり高い会社だ、普通のコースだと六大学出身者でもなかなか就職できる会社ではない。現役時代の何分の一かの給料とはいえ、定年まで勤めれば年金も堅く、家族にはもっとも安心な、引退後のコースだろう。健太は現役中から、引退したら粉もの屋をやりたいと言っていた。引退後、ツテを頼って関西の大きなお好み焼きチェーンに入り、数年頑張って修業して、五年前にやっと念願の店を開いた。元プロ野球選手で引退後に飲食店を開く者は多いが、自分で汗をかかずに他人に任せて金だけ渡して、というような安易な方法だとほとんど失敗する。健太はその点、堅実で真面目《まじめ》だった。妻が看護師で、引退してから仕事に復帰し、生活費の心配がいらなかったこともあるだろうが、バイトの学生たちに交じって一から修業するのは相当にきつかっただろう。それでも健太はやり遂げた。誠は健太を尊敬している。

入団は同期でも、引退の時期はばらばらだ。もっとも長く選手でいたのは誠だが、トレードで九州のチームに移籍し、そこで現役を終えた田《た》宮将太《みやしょうた》は、誠より一年だけ早く引退した。そしてそのまま九州の独立リーグのコーチとなり、今もそのチームで仕事をしている。遠方ゆえ、同期会にも毎年出ることが難しい。今日も欠席だ。さらにもう一人、清《し》水《みず》賢一《けんいち》は、札幌の大きな洋菓子会社の御曹司で、引退後は実家に戻って跡継ぎとなった。この時期はクリスマス商戦に向けて一年でもっとも忙しい時期のようで、同期会にも数年に一度しか顔を出せない。メンバー個人個人は、札幌に行くついでがあれば賢一を呼び出して懐かしい酒を飲んでいるが、一堂に会する席に、陽気で豪快な賢一の姿がないのは淋《さび》しいので、来年はいっそ札幌で同期会をしようか、という案も出ている。

そして七人目のメンバー、酒井大輝《さかいだいき》。酒に弱い大輝は、数分前からテーブルに突っ伏して寝息をたてていた。いつまで経ってもあどけない童顔。ヨダレが頰《ほお》の下に置いた手の甲をぬらしている。

大輝は高卒ナンバーワンと言われたキャッチャーだった。甲子園で準優勝、大会ホームラン記録を塗り替えた。ドラフト一位で入団、愛らしい顔と、天然のトボけたキャラクターが人気を呼び、すぐにスター扱いされるようになった。たまたま正捕手だった選手が怪我をしたこともあり、ルーキーイヤーに一軍出場も果たした。そのまま順調な野球人生を歩むかと思われた矢先に、肩の怪我で離脱、手術をした。そしてそれ以降は、なかなか復帰ができず、若い時代のほとんどをリハビリに費やしてしまった。それでもクビにならなかったのは、ドラフト一位指名選手なればこそ、だろう。世間も大輝のことは忘れ、ようやくカムバックを果たした時にはもう、後から入団した選手が不動の正捕手の座に座っていた。それでも十年、大輝は頑張って現役を続けた。ほとんどが二軍暮しだったが、持ち前の愛されるキャラクターで、二軍の若手たちに慕われていた。戦力外通告を経て、大輝はブルペンキャッチャーとして第二の野球人生をスタートさせた。

誠が引退して二軍コーチに就いた時、頼りにしたのが大輝だった。長くブルペンキャッチャーを務めて、二軍にいる投手陣のことは誰よりもよく把握していた。性格が温和で面倒見もいいので、若い選手だけでなく、復帰を目指して辛《つら》いリハビリに耐えているベテラン勢も、大輝を相談相手にしている者が多かった。大輝は、第二の野球人生で見事に自分の居場所を築いていたのだ。


「俺、そろそろ帰るわ」

誠は立ち上がった。

「楽しかった。また年が明けたら飲もうよ」

「その頃には再就職先が決まってるといいな」

誰かが憎まれ口を叩《たた》いてみんなが笑う。誠は寝ている大輝の肩をゆすった。

「ダイちゃん、おい、起きろ。あんたももう帰ったほうがいい。タクシー、乗せてってやるよ」

大輝の家は、誠の家まで帰る途中にある。

「うー」

大輝はうめいて目を開け、子供のようにその目をこすって、笑顔になった。

「悪いなー。やべえ、終電では帰るって奥さんに約束したのに、遅くなったあ」

誠は大輝の腕をとって立ち上がらせた。やべえなぁ、と大輝がまた呟《つぶや》く。大輝の妻はそんなにきつい女ではない。大輝は妻にしっかり管理され、そしてそれが嬉《うれ》しくて、幸せでたまらないのだ。

「帰るぞ」

「おー」

誠は大輝と共に店を出て、タクシーを拾った。

3

「ダイちゃん、俺、来年どうなるんだろうなあ」

誠はタクシーの後部座席で背もたれにからだを預け、ほっておいたら寝息をたててしまう大輝を肘《ひじ》でつついて起こしながら言った。

「なんか新監督のことでキナ臭くってさ、首が涼しいんだ。ダイちゃんはどうなの、来年の話はもう球団とした？」

「いいや。けどまあ、クビになるならもう何か言われてるだろ。毎年そんなもんよ、下のブルペン捕手なんか、いちばん最後だよ」

「ダイちゃんはいいよなあ、チームになくてはならない存在だから」

「まさか」

大輝は笑った。

「俺なんかいつでも他の奴と取換えが利く。誠は心配し過ぎだよ。監督が誰《だれ》になるとしても、あんたをクビにしたりするもんか。あんたは下の選手のことを誰よりよくわかってる。育成手腕も評価されているし、試合にも勝てる」

「でも俺、木嶋とは繋《つな》がりないよ」

「木嶋は来ないよ」

大輝は大きな欠伸《あくび》をひとつした。

「ぜったい、ない」

「断言できるのか」

「できる。木嶋は来春から、民放で始まるゴールデンタイムのスポーツバラエティで司会をやることが決まってるらしい。いくら球団が監督になってくれって頼んでも、今のどん底チームで火中の栗《くり》を拾うなんてアホらしいことするもんか。ゴールデンのバラエティの司会だぜ、年間の契約料は億を軽く突破する。関連して局のイベントにも引っ張りだこになるだろうし、CMなんかの露出も増えるんじゃないか？　年収数億円、うちの監督じゃ、球団がものすごく頑張ったとしても、その何分の一しか払えないよ」

「なんでそんなこと知ってんだ、ダイちゃん」

大輝は、へへ、と笑った。

「俺みたいな壁の前では、記者さんたちも口が軽いんだよ」

「スポーツ紙の記者もその情報知ってるのか……じゃ、紙面に出てた木嶋監督説は」

「とばしでしょ。うちの監督の人選、たぶんまだ白紙なんじゃないかね。情報が摑《つか》めないもんだから、木嶋説をとばして様子見なんじゃね？」

「まだ白紙……」

「いろいろ難しいんだろうな。なにしろチーム状況が良くない。下の若手はなかなかいいのが育ちつつあるけど、上に上げたらまだ力の差は歴然だ。そして上は、はっきり言って前監督がチーム作りに失敗した。今の戦力じゃ来季もAクラスは無理だよ。どかんと金かけて補強すれば状況は変わるけど、ほらうちのオーナー会社、プロ野球チームなんか持って赤字続きなんで株主に責められてるみたいだろ。まさか身売りすることはないと思うけど、大型補強なんかして金つかって来年ダメだったら、球団社長が解任されちゃうかも。今のうちの一軍を引き受けてくれる人なんかそうそういないだろうし、ほいほい引き受けるような奴ならそれはそれで、監督をやってみたいってだけの無能だよ。賢い人なら頼まれても断る」

「絶望的だなあ」

「だね。しかしこういう時はチームにとってはチャンスかもしれない」

「チャンス？」

「思い切った人事ができるでしょ。例えばさ、うちは基本、生え抜きのOBから監督を出す慣習があるけど、過去に外様《とざま》に来て貰《もら》ったこともないわけじゃない。よそから来て貰うとしたら、それなりに名の通った名将でないと格好がつかないよね」

「名将ねえ。そんな人が来てくれるかな」

「条件次第だろう。いろんな球団を渡り歩いてる名将なら、条件さえ揃《そろ》っていれば前年が最下位のチームで戦力がガタガタでも引き受けてくれる可能性がある。どういうチームをどの程度補強して、どんな練習させればどのくらい強くなる、ってのを知ってるからだ。そういう人を呼ぶとなれば、呼ぶ側も本気出して金も出して、覚悟を決めるしかない。その覚悟が決まれば、チームは必ず強くなる。二、三年はかかっても、いずれ優勝争いするチームになれるチャンスだよ。でも覚悟が中途半端だと、名将の名に傷をつけて終わっちゃうこともある」

「道のりは険しそうだなあ。うちの球団がそこまで腹をくくれるとは思えない」

「だな。もう一つ、可能性は低いけどウルトラCがあるぞ」

「なんだよ、それ」

「おまえ」

「……なに？」

「おまえだよ、誠。おまえが一軍監督に昇格すんの」

誠は一瞬黙ってから大笑いした。

「おまえ何言ってんだよ、バーカ。あるわけねえだろう、そんなの」

大輝も笑っていたが、ふと真面目《まじめ》な顔になった。

「他の球団なら前例はいくつかあるぞ。二軍監督が一軍監督に昇格」

「そりゃあるだろうけど、それは俺なんかよりずっと格上の人がやってた場合だろ。むしろ初めからいずれ一軍監督にって路線があって、その前の勉強というか修業で二軍で監督やってたとかさ。俺は二軍で監督になれたこと自体、自分の立場からしたらすげえ出世だと思ってる。このあとはクビになって放り出されるんじゃなくて、何らかの形で球団に残って働けたらそれで大満足だよ」

「しかし、今の一軍状況だと、おまえが持ち上がるのがいちばん合理的だぞ。第一におまえなら、契約金も給料も安く済む」

「おい」

誠は笑いながら大輝の頭をぽんと叩《たた》いた。

「俺だって生活あんだぞ」

「まさか今よりは上がるから安心しろ。第二に、おまえなら世間も過剰に期待しないから、戦力を大補強しなくてもごまかせる。来年最下位でも責められない」

「おいこら」

「第三、で、おまえで時間稼いでる間に、木嶋を口説き落とせる。そうだなあ、二年あれば補強資金の捻出《ねんしゅつ》のめども立つんじゃないか？　民放の番組は新陳代謝が速いから、木嶋の番組も二年やれば穏便に降板できるだろ」

「俺は繋ぎか」

「もちろん繋ぎだ。不満か」

「いや不満とかじゃなくて、そんな可能性は」

「第四。俺的にはこれがいちばん肝心なんだが。おまえは他の誰よりも、今の二軍選手を把握してるし、慕われてもいる。チームの若返りってのはつまり、下の連中を上にあげることだ。おまえなら、誰が上がって来ても上手につかうことができるだろう。今の若い奴らは野球の実力だけ知ってれば使えるってもんじゃない、性格や考え方も把握してないと、指導について来るかどうかあやしい。俺たちの頃とはメンタリティが違う。それにうちのチームの場合、二軍のほうが理論的な練習をやってるよ。上はほったらかしで、できる奴とできない奴の差が激しいが、下はおまえが野球理論やスポーツ生理学に沿った科学的なトレーニングを取り入れて成功してる。そういう中で育った若手をうまくつかうなら、精神論一辺倒の古いアタマじゃダメだ。俺の目から見て、今の球団内で来季の一軍監督にもっともふさわしいのは、おまえなんだ」

大輝の言葉が切れたのとほぼ同時に、大輝が車を降りる地点に着いた。そこまでのメーターの額を、断る誠の手に押し込んで、大輝はタクシーを降り、誠に手を振って去って行った。

走り出したタクシーの中で、誠は半ば呆然《ぼうぜん》としていた。そんなことは想像もしたことがない。まさか、自分が一軍の監督になるだなんて。

だがしばらく走って自宅マンションが近づいて来ると、誠は我に返った。馬鹿げている。あるはずがない。

笑いが込み上げた。

やれやれ、俺にもそんな色気があったとは、自分でびっくりだ。この自惚《うぬぼ》れ野郎。自分の頬《ほお》を掌《てのひら》でぱちんと叩く。そんな夢みたいなこと考えるよりも、クビになって球団にも残れなかった時のことを考えろ。昔の恩師にでも連絡をとって、野球関係で何か仕事がないか聞いてみないとな。女房にも気苦労をかけちゃうな。まあ仕方ない、もともとそういう世界だ、来年の保証なんかない、毎年毎年が勝負の世界じゃないか、プロ野球なんて。

足を踏み入れた時から、いつか放り出される覚悟はしていたはずじゃないか、な。


だが翌日、大輝の予想は当たった。

4

誠は絶句した。耳で聴いた言葉の意味がよく理解できなかった。目の前に並んでいるのは、球団社長、GM、編成部長。

誠はようやく口を開いた。

「あの……つまりそれは……」

「君に来季、チームを率いて貰いたい、そういうことです」

一部上場企業の親会社から天下り人事で就任した球団社長玉木《たまき》は、いかにもエリート出身らしい品のいい男だ。だが親会社でのトップ争いに敗れた負け組でもある。親会社は大企業だが、人事に関しては旧態依然としたところがあるらしく、トップ争いに敗れた派閥の面々はまとめて子会社に飛ばされる運命なのだとか。そして球団社長の座というのは、その左遷先の最上位ポストということらしい。真偽のほどはまったくわからない、都市伝説並の噂《うわさ》に過ぎないのかもしれないが、目の前に上品に座っているスーツが似合う白髪の男には、そうした都市伝説がぴったりと似合っている。そして、そんなどうでもいいことを何となく考えている誠は、自分が置かれた立場から精神的に逃避していた。

「まあ突然のことなんで、驚いていると思うが」

ＧＭ、ゼネラルマネージャーの野崎は大先輩で、三十年以上前、優勝争いの常連だった黄金期にチームを引っ張った大スターだ。引退後はしばらく解説者としてテレビに出ていたが、その後に監督としてチームに戻り四、五年ほど監督をやっていた記憶がある。誠が入団した時はすでに退団していたが、解説者に戻ってテレビでだいぶ顔を売り、五年前に球団にＧＭ制度が発足した時、初代ＧＭとして君臨することになった。ＧＭと話す機会など年に一度の契約更改時しかないが、穏やかな話し口だが簡単には逆らえない威圧感があり、誠は野崎の前に出ると萎縮《いしゆく》してしまう。

「こちらとしては、他にもう代案はないんだ。つまり君に断られたらにっちもさっちもいかない、ということだ。君もチーム状況は充分理解していると思うから、今監督を引き受けるのがどれだけ大変なことかわかっているだろう。だから断られても仕方ないというのはこちらもわかっている。しかしそれでも、君に断られたらもう打つ手はない、そういう我々の状況を正直に話しておきたい。ぶっちゃけ、断らないで欲しい。ぜひ引き受けて貰いたい。もちろん来季優勝しろなんて無茶は言わない、契約はとりあえず二年。二年でチームをそこそこ戦えるように立て直してくれればそれでいいんだ。それに状況次第では契約を更新して貰うこともあり得る」

「可能な限り、人員補強でのサポートはさせて貰います」

編成部長の柴崎《しばざき》は誠の十年ほど先輩で、誠が入団した時はまだ選手としてチームにいた。こうして三人が並んでいるのを見ると、なるほどうちのチームはよそから新しい血を入れることには臆病《おくびょう》なのだな、とあらためて思う。だからこその、俺、か。

「もちろん予算の問題はあるし、こちらが希望してもその通りの補強ができない場合もある。それでも、監督の希望をできるだけ汲《く》んで、補強の最重要ポイントは押さえられるようにします」

「とにかく、即答するのは無理だろうから、ひとまず持ち帰って一晩じっくり考えてみてほしい」

「……一晩、ですか」

「無理かな。こちらとしては、一刻も早く発表したいんだが。それでも君に断られてしまった場合には、前監督の退任を撤回してもらうしかないと考えているんだ」

「そ、それは」

それはいくらなんでも有り得ないだろう。前監督は最終戦で別れの挨拶《あいさつ》までしてしまった。今さら来季も続投しますなんて、承知するはずがない。野崎GMらしいな、と、誠は半分パニックになっている頭で考えていた。そんなことはできっこない、という前監督続投まで持ち出して、俺が断れないように仕向けている。

「あの」

誠は、野崎をタヌキだと思った。大狸《おおだぬき》だ。俺は狸に罠《わな》にはめられたのだ。これはもう、断れない。断れば即退団、しかも再就職に球団が尽力してくれる可能性なんかなくなるだろう。それでも、ただ諾々と身を差し出すわけにはいかない。

「こ、コーチは」

そう口にした途端、野崎がニヤッと笑った気がした。実際には笑ってはいなかったが、そう見えたのだ。野崎が内心で、落ちた、とほくそ笑む姿が。

「コーチの人選は」

「君の自由だ、もちろん。君が監督なんだから、スタッフは君が選べばいい。ただ、コーチ諸君にも生活があるからね、現在のコーチスタッフをまとめてクビ、というわけにはいかないし、それではかえって君もやり難いだろう。君が監督就任を承諾してくれるなら、コーチの人選には時間的猶予があるから、まず君の希望を出して貰って、それをベースに調整する、というのではどうかな？　君がどうしてもそばにおきたい側近的なスタッフだけは、君の希望を最大限尊重すると約束するよ」

「……わかりました。でも、やはり一晩ください。家族の承諾もとりつけないと」

「もちろんだ。明日の夕刻までに、柴崎くんに電話で返答をもらえるかな。君から返事があり次第、マスコミ発表する」

その言い方に、誠が断った場合にどうするか、という含みは一切なかった。

球団事務所の会議室を出て、誠は半ば呆然としつつ自分の車に乗り込み、ほとんど無意識に首都高速を走って、いつのまにか河川敷の二軍練習場に着いていた。

すでに十二月に入り、選手は球団の拘束を解かれている。プロ野球の年間契約は実質、二月から十一月までで、十二月と一月は完全なオフとなり、基本的には球団は選手を拘束してあれこれ指図することはできない。だが実際には、スター選手たちはオフの間でも球団が主催するイベントに駆り出されるし、ルーキーたちは新人合同自主トレが一月早々にスタートする。それ以外の選手たちはそれぞれに自主トレ期間となるが、一軍も二軍も練習場やクラブハウス、屋内練習場などを選手たちに貸し出すので、球団施設のどこかには選手の姿がある。

朝の九時に事務所に呼び出され、青天の霹靂《へきれき》を体験させられ、まるで長い年月が経《た》ったかのように練習場の光景が懐かしかったが、実際にはまだ昼にもなっていない。二軍練習場は河川敷で風が強いが、午前中はよく日が当たる。自主トレにやって来た選手たちは午前中に練習場でキャッチボールやランニングを済ませ、徒歩十分ほどのところにある二軍寮で昼食をとり、午後は寮に併設された屋内練習場や筋トレルームで汗を流し、寮内の風《ふ》呂《ろ》を浴びて帰る。寮生でなくても所属選手やスタッフは寮食を食べることができる。二軍寮の食事は味も良く量もたっぷりあって、うちの球団が対外的に自慢できるものの一つだ、と誠は思っている。

顔馴染《かおなじ》みの選手が二、三人、ゆっくりとグラウンドを走っていた。選手の自主トレに監督やコーチが口を出すのはルール違反で、選手会から反発されてしまう。誠は選手に気づかれないよう、簡素な木製の長椅子《ながいす》がしつらえられた観客席の隅に座った。


この練習場に初めて足を踏み入れた時のことが脳裏に甦《よみがえ》る。

ドラフト指名を受け、プロ野球選手として初めて参加する練習だった。喜びと緊張で、胸の鼓動が聴こえそうだった。あの時、自分がこの球団で、一軍監督になる未来など、かけらでも頭にあっただろうか。そんなことはただの一度も、想像すらしていなかったと思う。それどころではなかったのだ。自分はこれからどうなるのだろう。プロ野球の世界でなんとかやっていかれるのだろうか。不安のほうが大きかった。俺は昔から、気が小さいんだ。誠は笑いを押し殺した。

自分の性格はよくわかっている。一軍監督なんて務まるような器じゃない。そして野崎も柴崎も、そんなことは重々承知だ。監督の座、という名の生贄台《いけにえだい》に、俺の首は載《の》せられたのだ。柴崎がどんなに調子のいいことを言ったところで、補強にそんな大金は注ぎ込めない。親会社は上場企業で、株主に対して球団が抱える赤字の説明をしなくてはならない。補強に大金を注ぎ込んで来季もBクラスに沈んだりすれば、誠の首が飛ぶだけで済む話ではない。野崎だって吹き飛ばされてしまうだろう。

補強は名ばかり、誠に課せられた使命は、木嶋が監督に就任するまでの間に若手選手を一軍に上げて使えるようにレベルアップさせ、チームの若返りをはかることだ。最初から、優勝してくれなんて言うつもりもないだろう。そしてどんなに頑張ったところで、木嶋が監督を引き受けられる環境が整えばお払い箱だ。

だが。

だとしても、自分が座るのは一軍監督の座。毎年プロ野球の世界に入って来るルーキーたちの中で、将来その座に座れる者が何人いるだろう。

たとえただの繋ぎ、捨《す》て駒《ごま》だとしても、それは特別な駒なのだ。球団史に名前の残る、他に比べようもない場所なのだ。

引き受けるのか？

おい誠、おまえ本気か？

でも断れない。断ったら俺はこの世界を去らないとならない。

いいじゃないか、もう充分楽しんだだろう。もう野球を離れて別の人生に踏み出してもいい頃だよ。監督なんか引き受けて、どんな苦労を味わうことか。今のチームで補強もなしでは、来季はどん底だぞ。若返り、なんて簡単に言ってくれるが、おまえが誰よりよくわかってるだろう。今の二軍の若手は、将来性はあるが一軍レベルには達していない。あいつらを引き上げて一軍で戦わせても、あっという間にボロボロにされるぞ。

わかってる。よくわかってるよ。わかってるけど……

けど、やってみたい。

やってみたいじゃないか、この世界に入った以上、一軍の監督がやれるなんて、繋ぎでもなんでもいい、俺にやらしてもらえるんだぞ。俺に。


「あれ、誠、何やってんだこんなとこで」

声がして顔を上げると、大輝が立っていた。しっかりプロテクターをつけ、キャッチャーマスクを頭に押し上げて。

「……ダイちゃん。もうそんな格好してんの」

「ああ、これな」

大輝は笑った。

「渋井《しぶい》に頼まれたんだ。投げ込みたいから受けてくれって」

「渋井……渋井健太《けんた》か。あいつ、どこかに決まったのか」

「いいや、でもテストして貰えることになったらしいよ。クラブチームだけどな」

「クラブチーム……プロからは声かからずか。独立リーグあたりでやれるんじゃないかと思ったが。しかしクラブチームじゃ生活は別に収入源探さないとならないだろ。仕事は決まったのか」

「スポンサーになってる会社で働けるらしいよ、正社員にしてくれるらしいから、なんとか食ってはいかれるんだろ。まだ若いからな、どうしても野球、諦《あきら》められんみたいだ」

「戦力外にはちょっと早い気もしたんだがな……」

「トモさんとしては、若いうちに諦めさせたほうが第二の人生が早くスタートできる、ってことだったんだろうけどな」

二軍投手の評価は、二軍投手コーチの友田《ともだ》に任せてあった。友田の評価表が、編成部で戦力外通告選手を決める際に重要な資料となっている。

「ま、周囲が何と言っても本人の人生だからな。渋井がまだやりたいって言うなら、やればいいよ。納得できるまでやれば、気持ち良くやめられるだろうし」

「クラブチームなのにテストがあるのか。厳しいんだな」

「かなり強いとこだよ、栃木《とちぎ》のLGグレインズ。スポンサー企業に食品会社がついてるとかで、年明けからその会社で営業やるんだとさ。まあテストったって形だけのことだろうが、どうせならプロの球を見せつけて驚かせてやれ、ってハッパかけといた。渋井だって本気出せば148km/hは出るからな」

「コントロールがなあ」

誠は苦笑した。

「時々、おっ、と思うようないい球投げるんだが」

「NPBは天才の集まりだ。どいつもみんな、すごいもの持ってる。だが一つばかりいいもの持ってても通用しないのが野球だからな。で、マコっちゃんはここで何してんだよ。夕べの酒がまだ残ってて、頭冷やしてんの?」


「ダイちゃんのせいだ」

「え?」

「あんたが変なこと言うから……」

「変なことって」

「まだ話せない」

大輝は誠の横に腰を降ろした。

「なんだよ、まだ話せないって」

「……明日の夕方には発表になるんだろうな……このままだと」

大輝が横を向いて誠を見つめる。誠はうなだれた。

「……怖いんだ」

「マコっちゃん」

「逃げられない。イエス、と言う以外、俺には選択肢がない。だけどな……怖いよ。俺は自分を知ってるつもりだ。俺には無理だ」

「あんた……やっぱりそうなったか!」

大輝は誠に抱きついた。

「そうなったか！　やったな、やったな誠！　おめでとう！　すごい、すごいよ、俺らの同期から遂に監督誕生かよ！」

「大声出すな。まだ話したらいけないんだから。それにまだ返事してないんだ、今夜ひと晩考えさせて貰うことにした」

「考えることなんか何があるんだよ！　わかってんのか、誠、監督だぞ監督！　チームのトップに立つんだぞ！　そりゃ二軍監督だってたいした出世だけど、一軍の監督は特別な存在だ、望んだって叶《かな》わない夢だよ。良かったなあ……ほんとに良かった。俺、嬉《うれ》しいよ。嬉しい」

「……泣くなよ。俺が怖がってんのにダイちゃんが嬉し泣きしてどうすんだ」

「だって嬉しいじゃないかよ……マコっちゃんは苦労人だ、努力の人だ。あんたがどんだけ練習して、勉強して、こつこつやって来たか俺は知ってる。それにあんたはいつも仲間に優しかった。俺が俺がのこの世界で、マコっちゃんくらい仲間思いの奴はいない。そんなマコっちゃんがトップに立つんだ、俺だけじゃない、みんな喜ぶよ」

「夕べ、ダイちゃんが言っただろ、俺が監督になるとしたら木嶋までの繋ぎだって」

「繋ぎだっていいじゃないか。そんなことが不満なのか？　意外と強欲だな、マコっちゃん」

「そうじゃないよ。うまく繋げる自信がない、って言ってるんだ。繋ぎってことは、木嶋が監督になれる環境を作ることが仕事だろ。木嶋が就任した時に優勝を狙《ねら》えるチームを作っておかないとならない。そんなこと、できる気がしない。自分の力以上の役割をうっかり引き受けて、期待通りの結果が出なかった時のことを考えると……」

大輝は、誠の肩にまわした手で誠を軽くゆすった。

「マコっちゃん、あんたには実績があるだろう。あんたは二軍監督として立派に結果を出した。だからこその抜擢《ばってき》なんだ。今、うちの一軍はどん底だよ。たぶん誰が監督やったって、来季は優勝なんかできやしない、Aクラスも難しいだろう。だが結果は同じでも、あんたなら必ず、翌年に向けて貯金ができる。確実にチーム力を上げられる。二年目に差が出る。お偉いさんたちはちゃんとそれを見抜いたんだ。契約期間、一年じゃないんだろ」

「二年で、と言われた。更新もあり得るってさ。木嶋が来れなくなった時にはもうちょっとやってくれ、ってことだ」

「いいじゃないか、何年でもやったらいい。あんたなら二年目には必ず成果を見せてくれるよ。きっと球団のほうからもうちょっと頼むって言って来るさ」

「……俺は一軍監督の器じゃない。ダイちゃんだって知ってるじゃないか、俺が臆病で気が小さいってこと」

「いや、あんたは臆病じゃないよ。慎重なだけだ。気が小さくもない。むしろ驚くくらい大胆になることがある。そうやってくよくよ考えてる時間は長いけど、一度決めたら躊躇《ちゅうちょ》しない。あんたは向いてるよ。一軍だって二軍だって、監督が試合に勝つ為《ため》に何ができるか考えるって点では同じじゃないか。育成の要素が入る分、二軍監督のほうがやることが複雑だろ。一軍監督は勝つことに専念できる。個々の選手の指導はコーチに任せればいい。あんたなら誰とでもうまくやれるから、コーチ陣もあんたについて来るよ。ああもう、どうせ断れないんだから悩むな。悩んでないで、もっと喜ぼうぜ」

大輝の腕に力がこもり、誠は頭を引き寄せられる形になっていた。

「あそこ走ってる奴、誰かわかる？」

「……青木《あおき》？　派手なトレーニングウエアだなあ」

「あいつ、私服も派手だよ。子供の頃から目立つのが好きだったんだとさ。小さい頃から足が速くて、サッカーと野球の二股《ふたまた》かけてたらしい。けど野球のほうが、打席に一人で立てるから目立てると思って野球を選んだんだと」

二人は笑った。

「だけどな、いざプロ野球選手になってみたら、ぜんぜん目立てない。まわりの奴らがすご過ぎるって、ぼやいてる。あいつも来季は五年目だ、そろそろ上で初ヒット打たないと、戦力外になるかもしれん」

「今年、一度上にあげたんだがな」

「見逃し三振だったってさ。悔しそうだったよ。あいつだって高校までは野球エリート、甲子園でホームランまで打った実力者だった。ドラフトで指名された時、あいつの父親は、五位なんて下位でしか指名されなかったことを怒っていたらしい。あいつもあいつの親も、周囲の人たちもみんな、あいつは特別だと信じてた。プロ野球選手になったらすぐにも活躍して、タイトルとって、スターになれる逸材だ、って。なのに今、あいつは来年の今頃、またここで走れるかどうかわからない立場だ。天才が集まってしのぎを削る世界。マコっちゃん、あんたはその世界で頂点に立つんだ。代役とか繋ぎとか、他に誰もいなかったからとか、そんなことはどうでもいい。どんな経緯で選ばれたのだとしても、マコっちゃん、おまえは選ばれたんだ。俺なんかが永遠に手の届かないところに、おまえは到達した。俺はそのことが誇らしい。同期で親友のおまえが、選ばれたことがほんとに嬉しい」

「……ダイちゃん」

「喜べよ。笑顔で、嬉しいと言ってくれ。大丈夫、おまえならやれる。自分を信じろ。それで結果が出なくてお払い箱になったら、二人で焼鳥屋でもやろう。俺もいっしょにやめてやるから」

「なんで焼鳥屋なんだよ」

「焼鳥、あんた好きだろ」

「食うのは好きだけど、焼くのは別に好きじゃねえよ」

「ならいいよ、俺が焼くからあんたは食え」

「客に食わせないで俺が食ってたら、商売にならねえよ」

二人はまた笑った。その笑い声が冬の空気に伝わって響いたのか、グラウンドを走っている青木がこちらを向いた。

誠は慌てて顔を伏せ、ジャケットの襟に埋もれた。

5

えーっ、と素《す》っ頓狂《とんきょう》な声をあげて、真紀はそのまま固まってしまった。右手に鍋《なべ》つかみをはめたまま、口をぽかんと開けている。

誠はその妻の表情がおかしくて、思わずプッと噴き出した。真紀はいくつになっても天《てん》真爛漫《しんらんまん》だ。

「驚かせてごめん。でも、明日には返事しないとなんないんだ。だからママの意見も聞いておかないと」

「い、意見って」

「まあとにかく、座れば」

「ち、ちょっと待って！　キャセロール、オーヴンから出さないと」

真紀はあたふたとキッチンに駆け込んだ。

飲みに行こう、と大輝に誘われたが、真紀と話し合う時間が欲しかったので家に帰って来た。今夜のメインは息子が好きな、ムサカ、とかいう料理だろう。茄子《なす》と挽肉《ひきにく》の重ね焼きで、なんとかいう香辛料を使うとかで独特の香りがする。ギリシャの料理らしい。

「卓巳は？」

「上で勉強してる」

「今日は塾がない日か。美紀はテニスか」

「冬のなんとか大会が来週なのよ。今夜は夜練ですって。夕飯の分もお弁当持って出たのよ」

娘の美紀は軟式テニス部に所属し、区大会の女子シングルスで優勝するくらいの腕前だ。高校に進学してもテニスは続けたいらしいが、硬式に転向するかどうか悩んでいる。正直に言えば、アスリートの血は息子に受け継がれて欲しかった。だが卓巳はあまりスポーツに興味がないらしく、小学生の頃は地元のサッカーチームに所属していたが、中学に進学するとコンピューター部に入ってしまった。その分、美紀には多少なりともアスリートの血が流れているようで、大学まで受験なしで進学できる私立中学に入学した途端、もう勉強はそこそこでいいんだからスポーツをやる、と宣言して、明けても暮れてもテニスのことばかり、という生活に入った。中学には軟式テニス部しかなかったので軟式をやっているが、最近は、将来はプロになりたいと真顔で言うようになった。それなら今からでもどこかのテニスクラブに入って硬式に転向してしまったほうがいいと助言したのだが、軟式には軟式の面白さがあるらしく、まだ決心がついていないようだ。美紀にプロになれるほどの才能があるかどうかはよくわからないし、プロになるつもりなら小学生の頃から始めていなくては遅いだろう。だが、いずれ挫折《ざせつ》するかもしれないとしても、夢を持ち、その夢に向かって努力することは美紀の人生の糧になる。俺だって、プロ野球の選手になれるかもしれない、と本気で思ったのは高校二年の頃だった。それまでは、甲子園に出ることだけを夢見ていた。美紀だって今からでも本気で取り組めば、プロテニスプレーヤーになることが不可能ではないかもしれない。

そんな子供たちと、明るくて料理好きな妻。俺は幸せだ、と、今さらのように誠は思う。

テーブルの真ん中に置かれた鍋敷きの上に、オーヴンから取り出された陶器の器が置かれた。透明な耐熱ガラスの蓋《ふた》の中で、ぐつぐつと煮え立っているチーズが美味《おい》しそうだ。

「冷めちゃうから、卓巳呼ぼうか。話の続きはあとにしよう」

「ううん、今話して。じゃないと気になってごはんの味がわからないじゃない。せっかく美味しくできたのに。卓巳は猫舌だから、少しくらい冷めてるほうがいいのよ」

衝撃から立ち直った真紀は、真剣な表情で誠の真正面に座った。

「あんまりびっくりして、よくわからなくなっちゃったんだけど、つまり来シーズンからあなたが、一軍の監督になる、そういうこと？」

「うん、そういうこと」

「……冗談でなく？」

「冗談でなく。ドッキリでもなく」

「……なんで？　なんでそんなことになっちゃったの」

「説明するといろいろあるんだけど、一番の理由は、他に火中の栗《くり》を拾う人物がいなかった、ってことだろうな」

「火中の栗?」

「前にも話したけど、チームの状態はどん底で、かと言って親会社は株主の手前、球団に大型補強をゆるす雰囲気でもない。今は誰が監督になっても、来季巻き返すことは難しいって、みんな知ってるんだ。そんな時に監督を引き受けてくれるのは、なんでもいいから監督になりたい、って手合だけだ。そういう監督が来てうまくいくこともないとは言えないけど、引っかき回されてめちゃくちゃになるリスクは大きい。それなら、もともと何も期待されてなくて、しかも結果が出なかったら簡単にクビにできる、俺みたいなのをとりあえず監督にしておいて、一、二年かけて今よりましな状態にチームを立て直してから、木嶋くんみたいな生え抜きのスターをお迎えするほうが得策だ、ってこと」

「……簡単にクビ、は困るのよ」

「わかってる。明日、GMには腹を割ってそのことを話して来る。監督をクビになっても路頭に迷わないよう、何かのポジションは用意して貰《もら》うつもりだよ。けどGMも確約はできないだろうし、覚悟は持っておかないと。でもね、ママ、俺は何があってもおまえと子供たちにひもじい思いはさせない。それだけは約束する。子供たちの教育もちゃんとできて、俺たちも少しは生活を楽しめるくらいの収入は、何があっても確保してみせる。GMの首を絞めてでもやってやる」

「首は絞めないで。逮捕されちゃう」

真紀は笑い泣きのような表情になった。

「お願い」

誠は思わず笑った。

「了解、首は絞めないでおこう。でも俺は、捨《す》て駒《ごま》になるつもりはないんだ。笑われるかもしれないけど、来季、今の戦力でも優勝争いはできると俺は信じてるし、引き受けるからには優勝争いをする。今日、ダイちゃんと話したんだ、二軍グラウンドで」

「酒井さん？」

「うん。あいつと話してて、秘策を思いついた」

「秘策……」

「俺にだって切り札くらいある。大丈夫、勝負ごとだから結果はどうなるかわかんないけど、世間が思うよりはいい監督になるよ、俺。ただ、一年でクビ、も覚悟して貰いたいけど、他《ほか》にも覚悟しといて貰いたいことがあるんだ」

「覚悟なんてしたくない、って言っても、あなたは監督を引き受けるのよね？」

「……うん。ごめん」

「だったらいいわ、なんでも覚悟する」

「ありがとう。でも、これはおまえと、子供たちにもかかわることなんだ。食事のあとで卓巳には話そうと思ってるけど、美紀は女の子だからおまえから話してやったほうがいいかもしれない」

「わかった。で、どんなことなの？　わたしたちは何を覚悟すればいいの？」

「誹謗中傷罵詈雑言《ひぼうちゆうしようばりぞうごん》」

「……なにそれ」

「特に美紀が心配なんだ。あいつ、スマホを手から離さないだろ。テニスのラケット持ってない時はスマホいじってる」

「でも野球の話題なんか読まないわよ、あの子」

「これからは嫌でも目に入るようになるよ……自分の父親の名前といっしょに。俺にとってもおまえたち家族にとっても、ファンってのはいつもいいもの、素敵なものだった。俺ぐらいの、さほど人気のない選手にはアンチってのもほとんどいなくてさ、活躍すれば声援をくれて、活躍しなくても、まああいつだからあんなもんだろ、と見逃して貰えた。おまえが子連れで球場に行けば、事情通のファンは笑顔で迎えてくれただろう？」

「そうね……子供たちにお菓子をいただいたこともあるわ」

「現役を引退してからも、熱心なファンが二軍戦に来てくれて、俺たちコーチなんかにも手土産をくれたりしたよ。二軍監督になってからは、わざわざ地方球場まで来てくれたファンにサインを求められてさ、応じるとほんとに嬉《うれ》しそうに、ありがとうございました、って言ってくれて。ファンはいつも俺たちに優しくて、ありがたい存在だった。もちろんこれからだってそれは変わらないよ。変わらないけど、彼らの俺に対する反応は、まるっきり違ったものになるんだ。結局のところ、野球は勝負ごとだ。勝負ごとのファンである以上、彼らが見たいのは勝ち試合だ。彼らは、応援してるチームが勝てば幸せな気持ちになる。嬉しくなる、楽しくなる。そして、監督が好きになる。でも負けたら何もかも正反対になるんだ。不幸な気分になって、悲しくなって、で、腹を立てる。負け続けたらほぼ間違いなく、監督が嫌いになる。監督さえやめたら勝つと思うようになる」

「そんな……勝ち負けは監督のせいだけじゃないじゃないの」

「いや、負けた責任は監督にあるんだ。その責任を負う為《ため》に監督が必要なんだよ。だからファンの不満もぶつける先は監督でいいんだ。負けが続いて順位が下れば、ファンの不満はすべて監督に向かう。その覚悟がないと監督なんかやってられない。もし来季チームの成績がふるわなければ、俺に向かって悪口の石つぶてが飛んでくる。これまで経験したことがない、ずっと俺たちの味方でいてくれたファンからの石つぶては、きっと、想像以上に痛いと思う。でも俺ひとりなら、そんな痛みぐらい耐えればいい。申しわけないと思うのは、もしかするとばっちりがおまえたち家族にもふりかかるかもしれない、ってことなんだ」

「まさか、わたしたちまで誹謗されるの……」

「いやいや」

誠はおびえた顔の真紀を安心させるように微笑《ほほえ》んだ。

「そこまで悪質なファンはいないと思うし、いたとしたらそんな連中はファンとは呼べない。何かあったら法的措置でもなんでもとるさ。とばっちりって言うのは、つまり、俺が叩《たた》かれればそのことで、美紀や卓巳が不愉快な思いをすることもないとは言えない、って意味さ。特に美紀はまだ中学生だからね、中学生ってのは幼稚で残酷な年頃だ、学校で美紀が俺のことでからかわれるなんてことも、起こるかも」

「監督って、やっかいな仕事なのね」

真紀は肩をすくめた。

「うん、やっかいな仕事だよ。でもプロ野球の世界に足を踏み入れた者が、最後に目指す高みでもある。俺なんかがその高みからの景色を見ることになるなんて、ほんとに昨日までは想像もしてなかった。ダイちゃんがその可能性があるって言った時も、まさか、って笑ってたよ。でもその、まさか、が起こった。こんなことは予想もしてなかったし、たぶん宝くじに当たったようなものだと思うんだ。だから俺はこれを、生涯に一度のチャンスだと思うことにした。そして俺は、このチャンスをものにする。いろいろ脅かしたけど、要は勝てばいいんだ。どうせ俺なんか期待されていないんだから、お、意外とやるな、と思わせるくらい勝てれば、誹謗中傷じゃなくて喝采《かっさい》を浴びることになる。そう考えれば気楽なもんだ。他のチームの監督は優勝しないと残念だと言われるけど、俺は来季、五割以上勝って上位三チームに入れれば金星だからな」

誠は笑った。五割で金星、その考えが自分で気に入った。

「了解しました。ぜんぶ」

真紀が明るく言って、ガッツポーズをつくって見せた。

「要するにわたしたち、わたしも美紀も卓巳も、図太くなればいいのよね？　あなたがどれだけ悪口言われてても、しらんぷりすればいいのね。大丈夫、美紀は度胸だけはとにかくある子だから。ちゃんと話して、心構えさせておきます。卓巳のほうがむしろ繊細なとこがあるのよ、大学受験も近いし、あなたから話してください。ま、シーズンが始まる頃には受験も終わってるしね、受かってたら新生活であなたのことどころじゃないだろうし、落ちてたら浪人生だから、これまたあなたのことなんか気にしてる余裕はないはずよ。だから卓巳も大丈夫。こうなったら家族のことなんかそんなに気にしないでいいから、思いっきり、監督って仕事を楽しんでください。そろそろあの子呼ばないと、いくら猫舌でも冷たくなっちゃったら美味しくないわよね。あ、そうだ、久しぶりにワイン、あけない？　ギリシャの料理だからギリシャの赤ワイン、貰い物があったはずよ」

真紀はキッチンの隅に置いてある小さなワインセラーの扉を開け、中からワインを一本取り出して持ち上げた。

「ほらあった！　あなた卓巳呼んで来て。とりあえず、お祝いしましょ」

真紀の声が明るく、その笑顔には屈託がなかった。誠はホッとした。

＊

「ふ、ふざけんな！　おまえ何言ってんだこら、誠」

「もう決めたことだ。俺の記者会見が終わったら編成部と最終確認して、それからおまえのとこに連絡、行く予定だからよろしく」

「ば、ばか言え！　俺にできるわけがないだろう、一軍の戦略コーチとか、おまえ冗談もほどほどに」

「俺の希望はヘッドコーチだったんだ。けどさすがにそれは、ってGMが困った顔してたから、酒井を入閣させてくれるなら名称はなんでもいいです、って妥協したんだぜ。そういうことだからダイちゃん、来年は一緒に苦労しような。地獄に堕《お》ちるならおまえと一緒、胴上げされるのもおまえと一緒。わかったら首洗って通達を待て。あ、それからダイちゃん、おまえ愛人とか囲ってないだろうな。最近不倫はいろいろヤバいから、そういうのがいたら今のうちに身辺整理しといてくれよ。二軍のブルペンキャッチャーからの入閣ってことで、しばらくはおまえ、時の人になるぞ」

誠は笑って通話を切った。携帯の向こうでまだ大輝が何かわめいていたが、その様子を想像すると笑いが止まらなかった。


俺には友がいる。他に何も財産と呼べるものはないけれど、友がいる。

その友と一緒に、人生の転機を楽しもう。

俺と大輝の人生が、来春からどう変わるのか。それをめいっぱい、楽しもう。

誠はネクタイを締め直し、笑顔で、記者会見場への扉に手をかけた。

この作品は、月刊「ランティエ」二〇一六年十一月号
～二〇一八年四月号に掲載した『チャレンジ！』を
加筆・修正の上、改題したものです。

Haruki Bunko
ハルキ文庫

し 4-2

チェンジ!

著者 柴《しば》田《た》よしき

2018年 7月18日第一刷発行

発行者 角川春樹

発行所 株式会社角川春樹事務所
〒102-0074 東京都千代田区九段南2-1-30 イタリア文化会館

電話 03(3263)5247(編集)
03(3263)5881(営業)

印刷・製本 中央精版印刷株式会社

フォーマット・デザイン 芦澤泰偉
表紙イラストレーション 門坂 流

ISBN978-4-7584-4184-1 C0193 ©2018 Yoshiki Shibata Printed in Japan
http://www.kadokawaharuki.co.jp/[営業]
fanmail@kadokawaharuki.co.jp[編集] ご意見・ご感想をお寄せください。